# Le Central

Ce livre s'appuie sur une enquête
au long cours intitulée
« Au commissariat » et publiée dans
*La Croix L'Hebdo* le 14 janvier 2022.

L'éditeur remercie la rédaction
du magazine pour sa collaboration
fructueuse et enthousiaste.

**Conception graphique**
Élodie Cavel

**Typographies**
*Roman Grotesque* de Bureau Brut
*Lyon Text* de Commercial Type

**Photo de couverture**
Alain Guilhot

**Composition et mise en pages**
Nord Compo


18 rue Barbès,
92128 Montrouge Cedex
ISBN : 978-2-2275-0086-0
Dépôt légal : avril 2023

*À Maëlle*

# Avertissement

Tous les noms des policiers comme des interpellés et placés en garde à vue ont été modifiés, ainsi que certains éléments de description.

Seuls les noms des commissaires de Roubaix et de la procureure de Lille, qui sont des personnages publics, n'ont pas été changés.

# Préface

Avant d'écrire ce livre, j'ai eu l'occasion de rencontrer Lou Syrah, une journaliste passée par le *Canard enchaîné* et *Mediapart*, autrice en 2020 d'un livre-enquête sur un exorcisme mortel à Roubaix en 1994. Elle m'a permis de prendre conscience de tout ce que j'ignorais sur cette ville où elle a des attaches familiales. L'histoire algérienne, le riche tissu associatif, les réseaux politiques... Tous ces sujets dont je ne parle pas. Mon objet est la police. C'est la raison pour laquelle, dans les pages que vous allez lire, j'ai choisi de ne pas toujours rappeler le nom des rues, d'atténuer le contexte de certaines scènes, de ne pas tout décrire de l'avilissement auquel peut mener l'extrême pauvreté... Je n'ai pas voulu esthétiser la misère.

Je crois aussi que c'est toujours une mauvaise idée de tenter de comprendre une ville, ou une société, à partir de la seule expérience des policiers, même s'ils en ont parfois la prétention.

Comme tous les acteurs sociaux, ces derniers sont d'abord et avant tout les experts d'eux-mêmes.

**Mikael Corre**
Octobre 2022

# Premier jour à Roubaix

À Paris, le lundi 2 novembre 2020. La Gare du Nord au petit matin. J'embarque dans un TGV pour Lille-Flandres, puis dans un TER en direction de Courtrai qui s'arrête à Roubaix. C'est la première fois que je viens dans cette ville. Le journal pour lequel je travaille, *La Croix*, m'a demandé de réaliser un reportage sur le reconfinement[1]. Observer comment la reprise des attestations obligatoires est vécue par la population.

Depuis la gare de Roubaix, je prends le chemin que j'emprunterai des dizaines de fois : le musée de la Piscine, le monumental hôtel de ville et le boulevard de Belfort que longe l'enceinte du Central, le commissariat de la ville. C'est un grand bloc en U fait de béton et de briques rouges, d'où l'on peut facilement rejoindre les artères qui strient la ville d'est en ouest et du nord au sud, et ainsi emprunter les voies rapides vers Lille ou la Belgique. Elles sont la desti-

1 Lire pages 171 et suivantes.

nation finale de l'essentiel des courses-poursuites. « Tu peux écrire : commissariat idéalement situé, me dira plus tard un vieux policier. Non, sans rire, c'est une bonne vigie. »

À l'intérieur du Central, je rencontre le commissaire adjoint Quentin Bachelet, 34 ans. C'est un homme grand, au visage doux, structuré par des sourcils un peu épais et avec qui le courant est tout de suite bien passé. Il commence par dresser un bilan très factuel de la crise sanitaire à Roubaix.

À sa sortie de l'école des commissaires, il y a quelques mois, Quentin est arrivé dans cette ville du Nord où un foyer sur deux vit avec moins de 1 050 euros par mois. Le taux d'incidence (nombre de tests positifs au Covid-19 pour 100 000 habitants) est au moment de notre rencontre trois fois supérieur à la moyenne nationale. En un mois de seconde vague, il y a déjà eu près de deux fois plus de décès au CHU de Roubaix que lors de la première vague, au printemps 2020. « Ici, certaines difficultés se confondent avec le confinement : la densité urbaine, la cohabitation intergénérationnelle, la précarité... », décrypte Quentin en me conduisant à la station Eurotéléport, où se croisent le métro et le tramway de Roubaix.

Là, durant une heure, je déambule avec les policiers du groupe de sécurité de proximité (GSP), affectés sur demande du préfet au contrôle des attestations.

Charlotte, membre de l'unité, commence par arrêter une jeune femme rousse de 18 ans dont seul le menton émerge d'un bomber gris trop large. « Le confinement ? J'ai pas l'impression qu'on est confinés, tout le monde est dehors. » Son doigt glisse sur l'écran de son téléphone, qui sonne. « Attends, je te rappelle plus tard, je suis avec la police. » La jeune femme, qui réside à Mulhouse, s'étonne des questions des agents : « Le confinement, je pensais que c'était le soir, comme le couvre-feu, moi. »

De contrôle en contrôle, je découvre qu'à Roubaix, les policiers sont habitués à dialoguer avec des gens parfois un peu perdus. Comme ce vieil homme au sonotone — « L'attestation est obligatoire avant 21 heures ? » —, ou cette femme au voile blanc dont on devine la précarité. Son attestation est remplie au crayon à papier : « Au stylo ? Mais j'aurai jamais assez de feuilles... »

Il y a aussi ce jeune homme à la doudoune bleu ciel à qui Christian, un collègue de Charlotte, vient de rappeler que le masque est obligatoire, « et pas seulement à la vue de la police ».

« Vous allez pas me mettre une amende, monsieur ! Je l'ai, mon masque, regardez ! Mais il est mouillé. Alors je l'ai pas mis. Tenez, vous pouvez le toucher, je ne mens pas...

– Vous voulez que je touche votre masque, monsieur ? Vous êtes sérieux ? »

Christian le laisse partir, sans amende. « C'est une question d'attitude. Est-ce que la personne est correcte ou est-ce qu'elle nous prend pour des cons ? » Plus tôt dans l'après-midi, il a verbalisé un conducteur sans attestation qui prétendait aller chercher ses enfants à l'école, à quatre dans l'habitacle et après avoir grillé un feu rouge. « Sinon, on essaye d'être indulgent... »

Il est 19 heures. Les contrôles sont maintenant terminés. La nuit est déjà tombée. Le commissaire adjoint propose de me déposer à la gare, après un petit tour à la découverte de la « physionomie » de la ville. Au sud, je découvre les quartiers riches de Roubaix, qui s'étirent le long du parc Barbieux en direction de Lille. Je note pour plus tard dans mon carnet : visiter les villas Neutra et Cavrois, aller voir les vitraux d'Alfred Manessier dans la petite chapelle de la ville limitrophe de Hem.

Je n'ai pas encore parlé au commissaire de mon projet de suivre le quotidien d'un commissariat pendant un an, et de le raconter dans *La Croix*, mais je prévois déjà de revenir à Roubaix. La ville me fascine. Ses quartiers Nord surtout, avec ces étroites maisons 1930, certaines divisées en appartements. Cruel signe d'appauvrissement.

L'ouest de la France, dans lequel j'ai grandi, est un territoire resté peu industrialisé avant la Seconde Guerre mondiale et désormais peuplé de classes moyennes et de petites entreprises dynamiques. Ici, c'est tout l'inverse. Je découvre des usines aux échelles de cathédrales, désormais en friche, des quartiers délabrés à quelques kilomètres de résidences ultrasécurisées, des ghettos de riches, où l'on est resté riche en dirigeant des entreprises tertiarisées et délocalisées, qui n'emploient aujourd'hui plus qu'une portion congrue des populations venues jadis y travailler.

Quartiers Nord de Roubaix. La Clio grise du commissaire passe devant un point de deal, où l'on vend de la cocaïne : « Là, c'est un immeuble social, avec que des personnes âgées. Le trafic de drogue est dans le hall, il y avait même un vieux qui guettait. » Puis un autre, quelques rues plus loin : « Là, on vient de fermer une épicerie clandestine. C'était du blanchiment. »

Et puis encore un autre, vide. Les dealers se sont enfuis. La brigade anticriminalité vient de trouver 300 bonbonnes d'héroïne et de cocaïne et 250 grammes de cannabis dans un appartement à quelques numéros de là. Nous croisons les policiers à l'angle de la rue de Rome et de la rue de Naples. Dans ce quartier, surnommé « la Petite-Italie », se trouvent quelques-uns des 75 points de deal recensés à Roubaix. On y vend une quantité industrielle de cocaïne et d'héroïne, venues des Pays-Bas, et du cannabis, produit localement, dans des bâtiments désaffectés. Ainsi, en 2019, la police en a saisi 8 000 plants (chaque pied peut rapporter jusqu'à 1 000 euros par an) dans un entrepôt roubaisien. Record national. « Ces saisies, c'est le signe que les quantités en circulation augmentent, pas tellement que la lutte est plus efficace », précise une source au parquet de Lille. Dans le Nord, on parle en tonnes. Les réseaux sont internationaux.

La petite voiture du commissaire s'engage dans une rue mal éclairée, le long d'un parc pour enfants, désert. Dans les quartiers Nord de Roubaix, la mairie a récemment fait construire l'école primaire Simone-Veil (250 élèves). « Et là, juste en face, c'est le point de deal », commente Quentin. Il me raconte avoir travaillé quelques années comme urbaniste, notamment en Guyane, avant de changer de voie, « justement pour ça : quand vous voyez un point de deal devant une école primaire, vous avez envie qu'il disparaisse tout de suite, pour protéger les enfants... » Quentin ne supporte plus la lenteur des grands programmes d'aménagement, leur lourdeur administrative. Il est entré dans la police pour avoir un impact sur la ville, tout de suite.

Moi, de mon côté, j'ai déjà dans l'idée de passer un an dans un commissariat. À l'heure où la police fait l'objet d'incessant débats, je veux comprendre ce que c'est qu'être flic. Entrer dans leur tête. Raconter ce qui se passe, surtout quand il ne se passe rien, ou pas grand-chose. Raconter le quotidien : les contrôles, la paperasse, les découvertes de cadavre, les autopsies, les points de deal, les auditions, les accidents... Raconter les découragements. Que font les policiers, concrètement, et avec quels gestes ? Quels ordres reçoivent-ils et pourquoi ? Et quelles sont leurs limites ?

Dans la Clio, mes interrogations font sourire Quentin. Juste avant de me déposer devant la gare, il me dit : « C'est vrai que, hors garde à vue, les gens ne savent souvent pas ce qui se passe dans un commissariat. »

# Les violences policières

Mes interrogations sur la police ne sont pas nées à Roubaix mais à Mulhouse, à l'été 2019. C'est dans cette ville de l'Est que j'ai pour la première fois travaillé sur les forces de l'ordre.

J'avais rejoint un mois plus tôt la rédaction du magazine de fin de semaine *La Croix L'Hebdo*, qui se lançait, et on m'avait confié un sujet sur les violences policières[1]. Je revois encore la rédactrice en chef, Anne Ponce, dans cette salle de réunion à l'affreuse moquette grise. La discussion portait sur les Gilets jaunes. Nous en étions à l'acte 24 ou 25. C'était la reprise des blocages de péages et de ronds-points. Selon le ministère de l'Intérieur, 2 448 manifestants et 1 797 policiers avaient été blessés depuis le mois de novembre 2018. Côté manifestants, le journaliste David Dufresne dénombrait sur la même période 2 décès (Nantes, Marseille), 315 blessures à la tête, 24 éborgnés et 5 mains arrachées. « Ce que je veux

1 Lire pages 175 et suivantes.

savoir, c'est pourquoi il y en a autant », avait dit Anne Ponce. Elle me fit lire plus tard la lettre que le préfet de police Maurice Grimaud avait adressée aux policiers, en 1968.

« Frapper un manifestant tombé à terre, c'est se frapper soi-même en apparaissant sous un jour qui atteint toute la fonction policière [...]. Je sais que ce que je dis là sera mal interprété par certains, mais je sais que j'ai raison et qu'au fond de vous-mêmes vous le reconnaissez », écrivait le haut fonctionnaire, tout en déplorant « la sauvagerie de certaines agressions » contre les forces de l'ordre.

J'ai commencé mon enquête par rencontrer des policiers de différents grades et différentes villes, contactés par les réseaux sociaux. Tous me confirmeront n'avoir reçu aucune lettre ou message sur le thème des violences de la part de leur hiérarchie durant la mobilisation des Gilets jaunes. Au cours de l'été, un commandant en poste en Île-de-France me transmettra l'analyse d'un psychologue de la police nationale avec qui il échangeait par courriel au printemps 2019. « Personne n'a compris que toute cette violence qui se déploie aujourd'hui chez certains policiers, les moins structurés, les plus fragiles, les moins autonomes mentalement parlant, est le symptôme des dysfonctionnements internes qui irriguent la police depuis des lustres, écrit cet expert, persuadé que la violence des manifestants n'est qu'un élément déclencheur. Ces policiers, par leur violence, que ce soit en la retournant contre eux pour ceux qui se suicident ou en la projetant au-dehors d'eux pour les autres, pointent du doigt les insuffisances notoires de notre management. »

Selon son diagnostic, la parole hiérarchique, qu'il juge « absente et symboliquement vide de sens », entraîne une paralysie générale. « Les policiers attendent de leurs chefs qu'ils prennent leurs patins [leurs responsabilités]. En vain, regrette le psychologue. On attend des responsables soit qu'ils disent "Stop, ça suffit, rentrez dans le rang", soit qu'ils reconnaissent la souffrance existante, la difficulté de faire ce boulot. »

Avant de commencer à enquêter pour réaliser cet article sur les violences policières, j'avais appelé le SICOP, le service de communication de la police nationale. Je lui demandai l'autorisation de passer quelques jours avec une brigade anticriminalité. Pour être totalement honnête, je n'y croyais pas trop. J'avais clairement exposé mon angle (pourquoi autant d'excès dans l'usage de la force ?) et mon interlocutrice n'était pas novice. Elle savait très bien que la majeure partie de mon article serait tirée de rencontres « en off » avec des policiers qui accepteraient de me parler anonymement malgré leur devoir de réserve. Elle me demanda, comme il est d'usage, de lui envoyer un courriel, ce que je fis, avant de recevoir une réponse automatique : « L'officier de presse en charge du traitement de votre demande enregistrée sous le numéro 13/05453 vous contactera dans les meilleurs délais. La personne en charge du dossier est Z. Bien cordialement. »

J'étais persuadé que ça s'arrêterait là. Mais, quelques semaines plus tard, je reçus un coup de fil de Z. « Bonjour, est-ce que Mulhouse, ça vous irait ? » Je tapotai sur mon clavier quelques mots-clés. J'interrogeai le moteur de recherche sur cette ville dont je ne savais rien, si ce n'est qu'elle abrite un gros musée de l'automobile. Quelques faits divers. Des découvertes de drogue. Des noms comme Les Coteaux ou Bourtzwiller, systématiquement précédés de « quartier sensible ». Des émeutes urbaines. Un cocktail Molotov lancé contre un tramway en 2013 qui avait fait déplacer Manuel Valls... Je répondis : « Ok pour Mulhouse. »

Je passerai trois jours au commissariat du boulevard de Colmar. Dans ce gros bloc de béton peint en bleu, l'accueil a d'abord été un peu froid. Et puis une brigade anticriminalité m'a adopté. Sur chacune des interventions, les policiers m'ont patiemment expliqué comment ils choisissent les personnes ou les véhicules qu'ils contrôlent, comment on rédige un P.V., et les subtilités de tel ou tel article du code de procédure pénale. Je les ai accompagnés en maintien de l'ordre, le 19 juillet 2019, le soir de la victoire de l'Algérie en finale de la Coupe d'Afrique des Nations. J'ai aussi tenté de suivre l'une de leurs séances de sport, lors de laquelle ils m'ont boxé, avec des gants et contre un mur, dans un but pédagogique : me montrer dans quel état physique et mental le policier doit parfois prendre des décisions. Comment il doit apprendre à lutter contre l'« effet tunnel ».

Sur le sujet, j'ai publié un encadré dans le dossier de *L'Hebdo,* intitulé « Quelques secondes avant la perte de contrôle ». Un policier de Mulhouse nous explique :

« Ce qu'on appelle l'effet tunnel ? C'est cet état qui survient quand le policier est dans la nasse, fatigué après une longue course à pied ou au volant d'une voiture lancée à pleine vitesse. Son champ de vision a considérablement rétréci. Son environnement a presque disparu. Le choix de sortir telle ou telle arme, d'aller interpeller ou de se replier, il l'a déjà fait, en quelques secondes. Le reste de ses gestes, ce seront essentiellement des réflexes, exécutés avec ce qu'il a entre les mains. La déontologie n'est pas le seul critère qui fait qu'il va avoir ou non le bon geste. La qualité de sa formation technique est primordiale. Elle lui permet de connaître ses limites et de faire preuve de discernement. Plus il est maître de son véhicule, plus il sera en capacité d'anticiper le comportement d'un automobiliste lui coupant la route au carrefour. Plus il maîtrise son arme, moins il en aura peur. Plus il fait de sport, plus il aura d'endurance et moins il sera cramé après quatre heures de maintien de l'ordre. Et, enfin, plus il aura appris à maîtriser un individu au corps-à-corps, plus ses gestes seront précis. Menotter un individu récalcitrant est extrêmement difficile sans user de clés (torsions) des poignets, voire dans certains cas de clés d'étranglement (interdites depuis 2020), afin de l'amener le plus rapidement possible au sol. Connaître parfaitement ces techniques, c'est libérer du temps de cerveau pour discerner. »

L'enquête est parue en novembre 2019 sous le titre « Violences, bavures, des policiers racontent ». Les fonctionnaires avec qui j'ai passé du temps à Mulhouse l'ont très mal reçue. Fidèle à mon angle — pourquoi autant de violences policières ? — j'ai en effet laissé de côté tout le reste. Leur quotidien. Ce dont ils m'ont le plus parlé.

Mail d'un policier de la BAC de Mulhouse, le 16 novembre 2019.

« Salut, Mikael,

C'est avec beaucoup de surprise que nous avons lu ton dossier. Il est très à charge contre la police et plus particulièrement contre la BAC (brigade anticriminalité). Le vocabulaire employé et les confidences faites par certains policiers me semblent en décalage avec la réalité que tu as vécue au sein de nos unités... »

C'est en particulier la première scène décrite dans l'article qui les a beaucoup gênés. Je la retranscris ici :

« Sur le procès-verbal d'interpellation, Arthur (tous les prénoms ont été changés) a écrit que "cinq individus présentant une attitude hostile" s'approchaient de lui. C'est un mensonge. "Un petit mensonge nécessaire", relativise ce policier du Sud-Ouest, de ceux que l'on écrit pour "se bricoler un cadre légal lorsque... eh bien... lorsque ça rentre pas". Une sorte de chausse-pied, donc. Ce matin-là, personne ne s'approchait d'Arthur. Pas un seul individu présentant une attitude hostile à la ronde. Un jeune d'une quinzaine d'années courait simplement comme un dératé le long d'un trottoir bordé d'arbres.

« Arthur et ses collègues n'avaient pas réussi à l'attraper (ils avaient un très sérieux motif pour le faire). "Écoute, je vais pas te mentir. Le type était à 70 mètres, quelque chose comme ça. Alors même si je l'avais touché... Une balle en caoutchouc, dans le dos et à cette distance, ça l'aurait pas arrêté." Alors pourquoi lui avoir tiré dessus au LBD (lanceur de balles de défense), cette arme noire à gros calibre devenue l'un des symboles des violences policières ?

« “Eh bien… Pour lui en mettre une. Qu’il ait bien à l’esprit que l’autorité, c’est nous. Dans les quartiers, tu sais, c’est un rapport dominant-dominé. Une cité calme, dans laquelle une voiture de police peut entrer sans incident, c’est des années de travail. Je devrais pas te dire ça, mais, parfois, on doit dépasser la ligne.” »

Selon l’instruction du 2 septembre 2014 du ministère de l’Intérieur, un tir de LBD doit « dissuader ou neutraliser une personne violente et/ou dangereuse ». Dans l’enquête, je m’étonnais donc qu’en pratique l’arme soit également employée pour « se faire respecter », et ce malgré les risques que l’on connaît… Et puis je racontais cette scène, vécue par un policier à Mulhouse.

Le policier de la BAC était en patrouille quand il a reçu l’appel radio. On lui demandait de rentrer d’urgence au commissariat. Un cocktail Molotov venait d’être lancé sur sa maison. « Là, franchement, je craque un peu, pas vraiment de peur, mais de rage. Avec de la détresse aussi. » Sa femme était à l’intérieur quand la bombe artisanale s’est écrasée contre l’embrasure d’une fenêtre. « Ça a juste cramé le plastique, sans traverser la vitre. Heureusement que je n’avais pas encore d’enfant. Je crois que sinon j’aurais été capable de tuer. » Laurent raconte les jours qui suivirent l’attaque. La perte de repères, la paranoïa. « Je contrôlais tout ce qui bougeait. » La balade du soir avec le chien se transforme en une véritable ronde avec, à la ceinture, l’arme de service, une gazeuse et une grenade de désencerclement (de celles qui projettent des plots en caoutchouc).

« Je me disais : “Ils vont revenir à dix.” Tu sais, à la BAC (la brigade anticriminalité), la rançon de la gloire, c'est ça. C'est la haine. Ça faisait à peu près dix jours que j'étais dans cette psychose. Et un soir, il devait être minuit, j'entends un truc qui bouge derrière des branches. Je m'approche et ça se met à courir dans tous les sens. J'en course un, je le chope. Je me vois encore le poing levé, prêt à lui exploser la gueule. Heureusement, j'ai vu ses yeux... Il y avait un truc qui clochait. Il était vraiment terrorisé. Je l'ai lâché. » Le jeune d'une quinzaine d'années cherchait juste à entrer avec ses copains dans une soirée organisée dans le voisinage. « Je crois que, si je lui avais mis le premier coup, je l'aurais vraiment tué... » La hantise de la bavure. Laurent prend alors la décision de déménager dans une maison isolée à la montagne, loin de la ville où il travaille. Il ne le dit pas comme ça, mais être attaqué chez lui l'a profondément traumatisé.

« J'étais arrivé à un stade où plus rien ne me touchait. La misère, le désarroi des gens... Ça ne me faisait plus rien. Je ne sais pas pourquoi... Je ne suis pas très à l'aise avec les psys mais une fois j'en ai parlé avec mon officier. Ça commençait à m'inquiéter. Je m'interrogeais : “Est-ce que je ne suis pas en train de devenir un monstre ?” » Je demande à Laurent pourquoi il raconte tout cela au passé. « C'était passager. Aujourd'hui, ça va mieux. Qu'est-ce qui m'a aidé ? Je ne sais pas trop... J'ai eu un enfant il y a un an. Ça m'a remis un peu de réalité. Ça m'a sans doute... comment dire... reconnecté. »

Quelques mois après la publication de l'enquête, je suis allé voir le directeur de la rédaction de *La Croix*, Guillaume Goubert, pour lui proposer un nouveau sujet sur la police.

Ce que j'avais vécu à Mulhouse m'avait profondément marqué. La « difficulté à faire ce métier », mais aussi toute la technicité que ça demande, d'être policier. Dans les débats, le regard sur la police est toujours réformiste. Il faudrait plus ou moins l'armer, l'encadrer, la former, recruter... Fatigué des discours sur la police qu'on devrait avoir, je voulais simplement raconter la police que l'on a. Et comprendre : que peut-on vraiment attendre d'elle ?

J'avais déjà parlé de ce projet au SICOP, qui m'avait accordé un « oui de principe » pour raconter le quotidien d'un commissariat pendant un an. J'imaginais une publication juste avant l'élection présidentielle. Je me doutais que la sécurité serait l'un des thèmes majeurs de la campagne de 2022. Je n'imaginais pas, en février 2020, que Valérie Pécresse proposerait un an plus tard de « ressortir le Kärcher » de la cave, qu'Emmanuel Macron promettrait de doubler le nombre de policiers « sur le terrain » d'ici 2030, et qu'Éric Zemmour envisagerait l'opération inverse, « diviser le nombre de délinquants ».

Le directeur de la rédaction a tout de suite validé l'immersion, avec la consigne de « raconter la police à hauteur d'homme », au ras des gens. Le choix de Roubaix s'est imposé pour plusieurs raisons. Sa proximité avec la région parisienne, où j'habite (je passerais en moyenne une semaine par mois à Roubaix en 2021). Son activité policière importante. La taille raisonnable de son commissariat central (400 fonctionnaires). Et, surtout, la fascination qu'a exercée cette ville sur moi lors de ma première visite en novembre 2020, avec pour guide le commissaire adjoint Quentin Bachelet. Quand je le recontacte, celui-ci me réserve encore une fois un excellent accueil, me donnant, avec son supérieur, le commissaire divisionnaire Éric Eudes, accès à toutes les unités ainsi qu'aux réunions de commandement. Concrètement, durant un an, je suis monté et descendu librement des véhicules (toujours avec le badge « Observateur »). Ce travail n'aurait pas été possible sans leur confiance.

Il m'a aussi fallu obtenir l'autorisation de la procureure de Lille, Carole Étienne, qui a été très claire : « Dès qu'un policier se met à courir, on est déjà dans la contrainte, c'est-à-dire sous l'autorité du parquet. » La sienne, donc. Elle m'a autorisé à être présent lors de tous les actes d'enquête, sauf les perquisitions — la présence de journalistes peut entraîner la nullité de cette procédure. Toutes les auditions racontées dans ce livre le sont avec l'accord des gardés à vue, à qui j'ai toujours dit être journaliste. Leur anonymisation a été stricte, comme celle des policiers, dont je voulais recueillir une parole libre, sans crainte des sanctions internes. Je n'ai accepté aucune relecture de ce travail par les services de police et de justice.

Au cours de mes travaux sur la police, j'ai eu l'occasion d'échanger à plusieurs reprises avec Nicolas Le Merrer, un ami qui enseigne la philosophie du droit à Brest. « Ce que tu décris montre que le travail concret des policiers a peu évolué depuis la création de la police moderne au XVIII$^{e}$ siècle », me dit-il un jour. On demande toujours aux policiers de gérer les marginaux, de faire en sorte qu'ils ne débordent pas trop. « Et nous sommes toujours renvoyés de manière presque nostalgique à cette question de l'efficacité. Certains se demandent : "Pourquoi est-ce qu'on s'embête avec le droit ? On sait très bien qui sont ces gens, il suffirait de les arrêter..." »

Toute l'histoire de la police moderne est construite autour de cette tension entre le judiciaire et l'ordre public ; entre la défense des libertés et la demande de sécurité.

Lors de mon retour à Roubaix, j'ai organisé ma première semaine sur place de manière à rencontrer à peu près tous les chefs de service. Le matin, dès 5 heures, j'embarquais dans les voitures des unités de voie publique. J'en changeais parfois, au gré des allers et retours au Central, pour déposer un gardé à vue, remplir la paperasse ou changer la batterie d'une tablette NEO[1]. L'après-midi, je passais d'un bureau à l'autre, avec les policiers chargés du « Judiciaire ».

---

1 Terminal mobile donnant notamment accès au fichier des antécédents judiciaires.

# La première audition

Commissariat Central de Roubaix, janvier 2021. Dans un bureau au rez-de-chaussée.

C'est la première fois que j'assiste à une « première » audition, « l'audition de chique », comme la surnomme un vieil enquêteur roubaisien. Marion, plus scolaire, préfère parler d'audition « blanche ». La technique est simple : laisser le gardé à vue parler, sans le contredire, retranscrire tous ses mensonges dans le procès-verbal. Lui laisser penser que, finalement, ça ne se passe pas si mal, qu'il a une chance de s'en sortir. C'est souvent là qu'il se détend. « Et paf, tu le brusques ! » s'amuse le vieil enquêteur.

Marion a enlevé toutes les photos au mur derrière son bureau, minutieusement débarrassé de la moindre affaire personnelle. Les agents apprennent ça à l'école de police, mais ils ne le font pratiquement jamais. L'enquêtrice de 23 ans a terminé sa formation il y a un an et demi. Je n'ai jamais vraiment su pourquoi elle est entrée dans la police — je crois que l'un de ses oncles a été enquêteur —, mais, en la regardant travailler, j'ai tout de suite pensé à cette analyse d'une policière à peine plus âgée : « J'en peux plus des reportages TV avec des flics musculeux qui font du saute-dessus. Si on veut recruter des jeunes à la tête bien faite pour coffrer des auteurs de violences conjugales, faut commencer par donner une autre image. » Marion a les cheveux détachés, blonds, un pull à capuche vert foncé et des tennis rouges. Un grand sourire, cordial quoique un peu figé, semble avoir été peint sur son visage. *La Joconde*. Silencieuse, elle commence à rédiger. Identité : « CHARFI Saïd. » Date de naissance. « 15/07/1986. » « ... Précisons que ce dernier est porteur d'un masque FFP2 pour une suspicion de tuberculose... » Assis face à elle, l'homme se touche la joue. « Franchement, madame, le coup de santiag, là, ça m'a choqué. J'étais pas bien... Je me disais : "On a raconté quelque chose, que j'ai tiré sur quelqu'un ou quoi." » Saïd a le visage creusé, les cheveux châtains et des mèches blondes. Il montre sa pommette rougie depuis sa rencontre avec un policier de l'antenne régionale du Raid (l'unité d'élite de la police nationale) un peu plus tôt dans la matinée. « À vue de nez, je dirais que le collègue chausse du 46 », commentait discrètement un brigadier rigolard sur son passage, à la sortie de sa cellule de garde à vue.

Saïd a reçu un coup de semelle à 6 h 05 ce matin. Cinq minutes plus tôt, il était réveillé par le tir d'un fusil calibre 12. La balle, spécialement conçue pour ne pas être trop pénétrante, a éjecté le verrou de sa porte. La colonne du Raid est entrée, a fouillé l'appartement. À l'intérieur, une femme et deux enfants. « RAS », donc. « Pas de traces de l'objectif. » Un policier du Raid a eu la présence d'esprit de se mettre à plat ventre avant de quitter la pièce. « Putain, il est sous le lit ! » Le sommier a traversé la chambre. Saïd a un peu résisté au menottage. Coup de semelle.

« C'était la guerre ! Après, quand j'ai vu pourquoi vous m'arrêtez : harcèlement ? Pff. Franchement... On va loin avec des rumeurs.

– Je vous l'ai dit, vous allez pouvoir vous expliquer. Marion sourit. On est aussi là pour ça. »

L'enquêtrice commence par lui poser les questions d'usage. Domicile, situation familiale, activité, études... Elle écrit, avec l'air de s'intéresser : « Locataire Vilogia (un logement social). Deux enfants de 4 mois et 8 ans. Achat et revente de véhicules d'occasion. Bac pro Maintenance de véhicules. » D'une voix douce, Marion entre dans le vif du sujet :

« Est-ce que vous pouvez me parler de Mme Laroussi ?

– Celle-là, franchement... Vous voulez même pas que je vous en parle... Elle m'a écœuré. »

Saïd se met à pleurer. Un collègue de Marion lui tend un mouchoir. Il décrit sa vie avec Mme Laroussi, avant leur rupture en mars 2020. C'est surtout elle qu'il décrit : voleuse de vêtements dans l'enseigne où elle travaille, et vénale. « Ces gens-là, c'est les tenues vestimentaires, les sacs, les choses futiles. » Saïd évoque aussi Victoire, l'enfant que Mme Laroussi a eue avec un sportif célèbre. Il sanglote, s'énerve, dit qu'il l'a toujours considérée comme sa fille. Il a d'ailleurs nommé son garage Victoire Auto. Le visage de Marion oscille entre empathie et pitié. Le réglage se fait à la hauteur des sourcils. Elle lui dit que Victoire ne l'a pas oublié, et Saïd reprend son récit. Le lendemain de la rupture, il a demandé à un voisin de Tourcoing de surveiller son ex-compagne, « pour savoir si quelqu'un venait, c'est tout ». Il était alors certain qu'elle avait une liaison avec l'un de ses frères. « Au moins, j'arrive à vous parler à vous. Dans un autre bureau, je serais en train de m'embrouiller, c'est sûr. Là, je peux m'expliquer... »

Saïd regarde Marion écrire ses dernières déclarations. Soudain, il ferme le poing. « Et là, cette... hum... Ah, elle pense qu'elle va bien dormir, mais moi... » Il ne termine pas sa phrase. Crispé, son visage est méconnaissable.

Saïd s'est déjà énervé dans la voiture qui l'amenait au Central. « J'ai cinq frères, alors s'il faut sortir les armes, on les sortira. » L'un des cinq, Sofiane, 40 ans, a d'ailleurs été interpellé au même moment que lui. Quelques mois auparavant, il s'était rendu au travail de Mme Laroussi, qui avait dû se cacher dans l'arrière-boutique. « Si Saïd va en prison, il y aura toujours du monde derrière », lui aurait-il crié selon plusieurs témoins.

Dans son bureau avant les auditions, Marion semblait inquiète. Et si les autres frères de Saïd se vengeaient ? Elle a décidé d'appeler la victime. « Bonjour, madame Laroussi. Oui, on a réussi à l'avoir... Difficilement, mais on a réussi. Oui, il est chez nous... » Après avoir raccroché, elle s'est tournée vers moi. Un grand sourire, un vrai cette fois. Et cette confidence : « Mon cœur, il bat à 3 000 à l'heure là, je suis trop heureuse ! » Ça fait quatre mois qu'elle travaille sur ce dossier. « C'est mon plus gros. Dans le service, je pense que tout le monde le connaît autant que moi. » Marion a rejoint la brigade des violences conjugales de Roubaix (les policiers disent plutôt « violences conj ») dès sa création au moment du premier confinement, début 2020. Une époque où ce type de violences a beaucoup augmenté, « pas tant en nombre qu'en intensité, précise une source au parquet de Lille. On n'a jamais vu autant d'armes par destination : ustensiles de cuisine, aspirateur, fer... Tout l'électroménager y est passé. »

# Les « violences conj »

« Nous sommes très fiers d'avoir monté cette unité. Vous avez vu, ce sont plutôt des enquêtrices », me dit un jour le commissaire divisionnaire Éric Eudes, patron du commissariat de Roubaix. Nous sommes fin janvier 2021, dans l'un des seuls restaurants ouverts dans la région, la cantine de l'École nationale des douanes de Tourcoing. Et cet homme agréable et direct, au bureau toujours ouvert, me parle spontanément des violences faites aux femmes. « Maintenant, on va voir ce qu'on peut traiter, avec le peu d'OPJ (officiers de police judiciaire) dont on dispose », explique-t-il. Parmi les enquêteurs, certains policiers ont obtenu sur examen le grade d'officier de police judiciaire, délivré par le Procureur de la République, ce qui leur donne plus d'autonomie pour accomplir les différents actes d'enquêtes. Marion, par exemple, qui n'est qu'APJ (agent de police judiciaire), n'est pas autorisée à signer les procès-verbaux qu'elle dresse. C'est l'un des rares OPJ de son service qui doit s'en charger, en plus des constatations, des placements en garde à vue...

À Roubaix, le commissaire divisionnaire s'inquiète du manque d'enquêteurs formés dans ses services. Il décrit une sorte de « fuite des cerveaux » : un OPJ roubaisien vient ainsi d'être muté à l'équestre de Lille (« C'est vrai qu'il sait faire du cheval, mais il savait aussi faire de la procédure »), un autre est parti aux renseignements territoriaux... « En somme, on va faire ce qu'on fait toujours, reprend le patron d'un ton un peu las, c'est-à-dire ce qu'on peut. »

La lutte contre les violences conjugales est l'une de ses priorités. Pas par « effet de mode », insiste-t-il, mais par la force des choses : chaque jour, trois ou quatre personnes sont interpellées pour ce motif à Roubaix. Le commissaire attend beaucoup d'un nouveau dispositif, les téléphones grand danger (TGD). « Nous disposons d'environ un tiers des TGD mis en place dans le département, alors que la circonscription représente seulement un sixième de la population du Nord », détaille-t-il. Ce dispositif permet à une femme victime de violences de déclencher l'arrivée rapide des policiers. Des repérages sont en effet effectués à son domicile par la police technique et scientifique, dite « la Scientifique » : adresse précise, photos des accès, code d'entrée, numéro de porte... « On n'imagine pas ce que les agents peuvent parfois perdre comme temps à rechercher le bon bâtiment ou à attendre à l'interphone qu'un voisin leur ouvre », précise le divisionnaire. Treize TGD sont actuellement actifs à Roubaix.

Aux « violences conj », le nombre d'affaires traitées par les 12 enquêteurs (en majorité des enquêtrices, donc) n'a cessé d'augmenter durant l'année. La barre symbolique des 1 200 dossiers en cours a été dépassée en novembre 2021. Plus de 100 par tête. « Au-delà de 30 ou 40 par personne, j'estime qu'on n'a plus le contenu de chaque affaire », confie une enquêtrice. Ici comme au parquet, la hantise, c'est qu'une femme se fasse tuer « et qu'on n'ait rien fait, à cause de la surcharge de travail », ajoute un gradé.

En France, 113 femmes ont été tuées par leur partenaire ou ex-partenaire en 2021 et une forte proportion d'entre elles avait subi des violences conjugales antérieures. Pour éviter ces crimes, les policiers priorisent au mieux, en fonction de la fréquence des menaces, de la présence d'armes, d'enfants... « Mais, parfois, un type peut vriller alors qu'on avait juste une plainte pour harcèlement, ajoute l'enquêtrice. C'est compliqué d'avoir toujours le bon ressenti. »

D'autant que certaines victimes ne collaborent pas. La scène se passe dans un couloir, au rez-de-chaussée du commissariat. Une enquêtrice des violences conj s'emporte au téléphone. « Non, madame, vous ne la retirez pas, votre plainte. Non, il y a trop de boulot dessus. Ça fait des mois... Non... Madame ? Madame ? Allô ? Putain, mais merde, merde, MERDE ! » Entre le 1er janvier et le 15 octobre 2021, les 12 policiers de l'unité ont cumulé 2 100 heures supplémentaires. Deux ont fait un burn-out à l'été 2021.

Je n'ai pas pu échanger avec le divisionnaire sur ces difficultés humaines. Ce passionné du maintien de l'ordre — de « sa technicité », dit-il —, passé par la préfecture de police de Paris et la Corse, a en effet quitté le Nord à la fin du printemps 2021. Sa mutation sur la façade atlantique l'a enchanté. « Le temps dans le Nord, franchement... »

Quelques semaines plus tôt, toujours à la cantine des Douanes, je lui demande s'il pense que la situation s'est améliorée à Roubaix depuis son arrivée, il y a trois ans. Le commissaire se fâche. Sourcils froncés, mâchoire crispée... C'est une colère contenue, mais une colère quand même. « Qu'est-ce que vous voulez que je vous dise ? Qu'on a supprimé le trafic de drogue ? Que les hommes ont arrêté de taper sur les femmes ? C'est comme si vous demandiez à un chef de service en cancérologie si la situation s'est améliorée depuis son arrivée... » Ce serait une faute « grave » pour un commissaire, me dit-il, de raisonner comme cela. « On est des pros, pas des shérifs. Ce n'est pas à nous de dire si la société va mieux ou pas. Le flic qui rentre dans ce genre de raisonnements, il faut vite qu'il quitte la police pour devenir député. » Son ton est redevenu amical. « Pour ma part, je repars avec un niveau d'effectifs un peu supérieur à quand je suis arrivé, ça, c'est une satisfaction. » Pas parce qu'il y a « plus de bleu dans la rue », précise le commissaire, seulement parce que ça limite la surcharge de travail et le risque d'épuisement. « Est-ce qu'ils vont mieux que quand je suis arrivé ? Ça, je l'espère. Je pense aussi qu'on a bien travaillé. Le reste... »

Le policier a toujours le sentiment de vider la mer avec une petite cuillère, me dira un jour un autre gradé de Roubaix, en faisant semblant de s'interroger : « Vous pouvez réorganiser le commissariat, quadrupler les effectifs... Vous obtiendrez quoi ? » Le sentiment de la vider avec une louche.

Ce que ces policiers m'ont expliqué, je mettrai encore plusieurs mois à le comprendre. À force de monter et descendre de véhicules sérigraphiés, de suivre des auditions, de passer du temps avec des geôliers, je finis par intégrer que la police n'est pas là pour faire baisser la délinquance mais pour la contenir. En la sélectionnant d'abord, puis en traitant ensuite ce qu'il est possible de traiter. Seulement, est-ce audible ? N'avons-nous pas collectivement besoin d'un mythe ? Celui d'une société sans infractions, sans crimes, que la police pourrait aider par son action à faire advenir. Il suffirait, pour ce faire, de mieux l'organiser, de mieux la former, de plus ou moins l'armer...

# Les P.V.

La première audition de Saïd est terminée. Marion l'accompagne fumer deux cigarettes sur le parking. À la seconde, il lui raconte avoir « trempé dans le stup, dans du bon trafic ». Au Traitement des antécédents judiciaires, un fichier rempli par les policiers, son nom ressort en effet avec 17 infractions, dont recel et importation de drogue. Saïd reparle aussi à Marion des vols de vêtements, de vengeance. Puis elle le ramène en geôle avant de remonter dans son bureau consigner toutes ces informations dans un nouveau P.V. « Tout ce qu'il dit, dans la voiture, dans les couloirs, en fumant, il faut l'acter, dit-elle. En fait, je suis un peu les petites mains qui tapent pour le magistrat. » Son visage s'est transformé. Il est plus concentré, un peu grave. Les documents qu'elle rédige sont vite imprimés et glissés dans une épaisse chemise colorée. Elle contient toute la procédure, menée de concert avec un magistrat du parquet de Lille. J'ai recopié sur mon carnet quelques éléments saillants du dossier.

– Entre le 24 mars et le 31 août 2020, Mme Laroussi a reçu 3 507 appels malveillants.

– En audition, Mme Laroussi a décrit les violences physiques subies entre 2011 et 2015. Un coup de Saïd Charfi lui aurait un jour percé le tympan. « Une fois, il m'a frappée, je suis partie. Il a fait la misère à ma famille, donc j'y suis retournée. Il m'a promis de ne plus me taper et c'est la seule chose qu'il a respectée. » C'est là que les violences psychologiques ont commencé.

– Dans son expertise, le psychologue relève que « l'emprise altère encore l'intégration psychique de la gravité des faits » et précise que Mme Laroussi a mis du temps à confier que son ex-compagnon avait enlevé et séquestré sa fille, Victoire. Auditionnée, la fillette de 11 ans affirme que Saïd a menacé de violer sa grand-mère.

– Auditionnée à son tour, la grand-mère explique que, jusque très récemment, Victoire ne pouvait s'endormir qu'en compagnie du chien de sa tante. Elle espère que sa fille « pourra revivre un jour ».

Épuisée, Marion referme l'épais dossier. « Si je suis honnête, cette affaire, je la vis autant que la victime. » Elle appelle le parquet pour avis. Ne serait-il pas pertinent que Mme Laroussi revienne au commissariat avec sa fille « pour faire évaluer le retentissement psychologique » ?

Saïd est remonté des geôles dans le bureau de Marion. Il a le visage marqué de plis, comme si on l'avait chiffonné. « En bas, c'est dégueulasse, il y a un tas de merde... » Emmitouflé dans une doudoune sans âge, il réclame une confrontation avec

Mme Laroussi. Il est 14 h 30. « Je vais la demander, mais je ne pourrai pas l'obliger », répond Marion, soudain froide.

L'enquêtrice interroge Saïd sur ses « fadettes », le relevé détaillé de ses appels entrants et sortants. L'homme a été interpellé avec une dizaine de téléphones portables. On entre dans le dur. « Putain, je suis choqué. Je n'appelle jamais en masqué. JAMAIS. » Saïd abaisse son masque pour être sûr qu'on l'entende bien. Marion lui demande de le remettre. « Si vous avez la tuberculose, je préfère que vous le portiez correctement. » Le ton monte d'un cran.

« Quelqu'un vous a vu récemment avec Victoire, la fille de Mme Laroussi... Selon plusieurs témoins, un homme cagoulé est venu effrayer l'enfant qui jouait en bas de chez elle avec des amis.

– (Ironique.) J'espère qu'il n'y a pas de coups et blessures, non plus...

– Est-ce que vous avez déjà importuné la petite ?

– Non, je l'aurais dit.

– Ben oui, vous l'auriez dit... Où étiez-vous le 13 novembre entre 19 heures et 19 h 20 ?

– À la maison. Impossible que tu me trouves dehors après 18 heures.

– On m'a dit qu'il y a quelques années vous avez essayé de l'enlever... »

Saïd explose : « ... Ah ouais ? Je suis un kidnappeur de gosses maintenant ? La vie de ma mère ! Je sors, je la saute en l'air. » L'homme se tourne de trois quarts. « Mais quelle... » Il s'adresse à un enquêteur d'origine maghrébine présent dans la pièce. « Frère, moi, je suis mort. Mais ils vont pas m'enfermer pour toujours. La vie de ma mère, dès que je sors, je la fais payer. Le dernier qui est passé entre mes mains, il a fait trente jours d'hôpital. »

Saïd est sous écrou (ils sont des dizaines comme lui à Roubaix), c'est-à-dire recherché pour une peine de prison à effectuer, trois ans en l'occurrence, pour violences en réunion. C'est la raison pour laquelle le renfort du Raid avait été demandé pour l'interpeller à son domicile.

Marion l'interroge encore : « Où étiez-vous les 10 et 11 mars ? » Mais Saïd ne l'écoute plus. Il s'adresse désormais exclusivement à son collègue : « Ah, les femmes, quand ça veut ta peau, c'est pas comme un homme... » Ses yeux fixent la sortie du bureau, comme s'il cherchait à s'enfuir. Un troisième policier est appelé en renfort, il se place dans l'embrasure de la porte.

L'audition est terminée. La capitaine Pablis, cheffe de Marion, passe une tête dans le bureau à la fin de l'audition. « Alors, il paraît qu'il voulait s'évader ? Faites attention quand même, ça aurait été mieux de lui mettre les menottes. » Marion hoche la tête. « Oui, je sais, mais je n'ai pas voulu le frustrer avec ça. » L'un de ses collègues s'agace que tous les bureaux ne soient pas pourvus d'anneaux au mur. « À Lille, la dernière fois, il y a un mec qui est passé par la fenêtre du commissariat. Il a été rattrapé par un policier, qui s'est cassé le poignet. »

Le lendemain soir, alors que je suis de retour dans ma chambre d'hôtel, le téléphone sonne. C'est un gradé du commissariat. La dernière fois qu'un policier m'a téléphoné à une heure pareille, c'était pour me prévenir qu'une interpellation était en cours dans mon hôtel, pour un viol présumé. « Bonsoir, monsieur Corre. Vous êtes au courant pour Saïd Charfi ? Il a tenté de s'évader il y a une heure. Des collègues de la BST (brigade spécialisée de terrain) le ramenaient de l'hôpital. Il saignait de la bouche, je ne sais pas s'il s'est mordu exprès ou quoi, bref on l'a envoyé au CHU. » Au retour, la voiture s'est arrêtée devant le portail du commissariat, et Saïd s'est détaché. Mon interlocuteur au téléphone ne sait pas comment. « Il a ouvert la portière et a pris la fuite dans la venelle derrière, poursuit-il. Rue Leverrier. Un collègue de la BST l'a rattrapé. Saïd Charfi a réussi à saisir son arme, et le coup est parti. »

Personne n'a été tué ni sérieusement blessé. Yassine, le jeune policier de la BST qui a rattrapé Saïd, a eu la jambe légèrement brûlée. « Il a surtout eu de la chance pour ses pieds », précise un de ses collègues de la Scientifique qui a participé aux premières constatations. Le soir même, il a fallu examiner l'arme, tamponner Yassine et Saïd (les examiner) à la recherche de résidus de tirs et quadriller le trottoir, rue Leverrier, pour trouver la balle et le trou qu'elle aurait laissé. Le coup serait parti alors que l'arme était encore dans son étui.

# Les menottes

Je n'ai pas tout de suite recroisé Marion après la tentative d'évasion, mais le tir rue Leverrier était l'unique sujet de conversation le lendemain matin, au commissariat. Dans cette grosse boîte de trois étages aux dizaines de bureaux, chacun joue d'ordinaire sa partition. Les agents de terrain interpellent, les enquêteurs enquêtent, les chefs « cheffent »... On ne se rend pas compte à quel point l'organisation d'un commissariat est taylorisée. À quel point les policiers peuvent ignorer ce qui se passe dans le bureau d'à côté. Mais ce matin-là, justement, la grosse usine du boulevard de Belfort bruisse à l'unisson.

Au rez-de-chaussée, des « police secours » se demandent où était assis leur collègue dans la voiture. Était-il sorti pour ouvrir ce satané portail dont la commande à distance ne marche jamais ? « On ne doit pas laisser un gavé (un gardé à vue) seul à l'arrière d'un véhicule, rappelle le chef de poste. Mais on a tellement de boulot qu'on n'a pas vraiment le temps d'appliquer tous nos process... » Un enquêteur du premier étage s'agace de toutes « ces missions à la con » qui occupent sans cesse les équipages : transferts à l'hôpital, à la maison d'arrêt, au palais de justice… « Parfois, il n'y a presque plus de patrouilles dans les rues. »

Au troisième étage, un commandant aimerait surtout savoir qui a tiré : Saïd ou Yassine ? Le coup n'aurait pas dû partir si l'arme était dans le holster, remarque un agent croisé sur le parking. Il sort son pistolet et montre l'étui réglementaire de type Safariland accroché à sa ceinture. « Je croyais que la sécurité marchait, poursuit l'agent. Je suis allé vérifier que le collègue de la BST avait bien le holster réglementaire, et c'est le cas, heureusement pour lui. Il y en a plein qui rapportent du matos perso. Quand il t'arrive une merde comme ça, si t'es pas carré de chez carré, l'administration t'aligne tout de suite. »

Et les menottes ? « Comment il a fait pour les enlever ? » s'interroge un petit groupe de policiers sur le parking. Saïd était déjà parvenu à se démenotter le matin de son interpellation. « Certains ont les poignets hyper fins, nos menottes ne sont pas adaptées. Pourtant, c'est une marque française. » « Le mieux, c'est de doubler avec des Serflex[1] », conseille un collègue. « Ou d'utiliser des Smith & Wesson, c'est les seules pinces adaptées aux poignets de tox », ajoute un autre policier, persuadé que Saïd Charfi est héroïnomane. Il n'a aucune preuve, mais « avec des poignets comme ça, te pose même pas la question : c'est un tox ».

1 Des colliers de serrage en plastique.

À vingt mètres d'eux, sur le parking, un autre groupe de policiers discute près d'une porte vitrée. Leur débrief de la tentative d'évasion les amène à des considérations moins matérielles. « Le collègue, là, c'est un jeune. Je crois qu'il a un gamin. Ce genre de trucs, psychologiquement, ça te marque. Tu te dis que, même sur une mission pourrie comme ça, tu peux... tu vois... » La phrase est terminée par un autre policier : « ... Tu peux y passer. »

Un troisième agent raconte le jour où il a assisté à la mort d'un collègue. C'était un 21 février, à Villetaneuse (Seine-Saint-Denis). Il intervenait sur un forcené qui avait tiré en direction du pavillon de son voisin. Sur place, premières constatations. Son collègue, un jeune de 25 ans, escalade une petite clôture et s'approche du pavillon. Un tir part d'une fenêtre. Des balles à ailettes utilisées pour la chasse au sanglier. Le collègue les reçoit en plein visage. « Un truc comme ça, c'est pas tellement le corps et le sang qui te restent après tant d'années. C'est autour. Les collègues, leurs visages. Ceux qui craquent. » Les anciens, surtout, que l'on croyait invincibles et qui ne le sont pas.

Il y a quelques années, la psychologue clinicienne Éliane Theillaumas, qui a longtemps accompagné des agents et leurs familles, m'a dit, alors que je l'interrogeais sur le rapport des policiers à la violence : « Le contact régulier avec la mort a toujours quelque chose d'effractant pour le psychisme. » « Effractant. » Comme si la mort venait cambrioler la tête des policiers.

Les histoires s'enchaînent près de la porte vitrée. J'ai l'impression d'assister à un groupe de parole.

Les policiers se remémorent les dernières fois que des collègues ont failli perdre la vie à Roubaix. Ce « police secours » à l'air bonhomme et aux petites lunettes carrées qui a reçu une dalle en béton de 25 kg à travers son pare-brise dans l'étroite rue Archimède. Quelques mois plus tard, j'ai eu l'occasion de tourner avec lui et de repasser dans cette rue. « Tu vois, c'était là. » Il se penche en avant, du siège conducteur, et montre le toit d'un immeuble bas en briques rouges. « Les gamins stockent des dalles là-haut. J'ai juste eu le temps d'écarter les jambes. Sur le moment, j'étais un peu choqué, mais c'est surtout après. J'ai commencé à gamberger. J'ai des enfants... » Le bailleur, LMH, a aujourd'hui fait retirer toutes les dalles des couloirs extérieurs de l'immeuble, laissant à nu un hideux caillebotis en plastique vert.

Autre histoire, celle d'André, ce brigadier de 52 ans avec qui j'ai déjà passé de nombreuses heures en geôles. Il me raconte le jour où un « spécialiste des arts martiaux » l'a étranglé. « On part à deux sur un différend familial, il est 16 h 30. Des parents ont appelé parce que leur fils est alcoolisé et violent. Quand on arrive, le jeune crie : "La France, je vais la mettre à mes pieds." Je lui demande de se taire, et ça part en bagarre. » André place une clé d'étranglement. Sa collègue tente de menotter le forcené. « Il me fait une contre-clé. Je frappe, je frappe, mais il m'écrase le thorax. Mes yeux se révulsent. La collègue ne tire pas. Je vois ma femme, ma fille. Et là, sans prévenir, il me relâche. "Allez, vous pouvez me menotter, qu'il dit. J'ai mis la France à mes pieds." »

Il faudra à André quarante-six jours pour reprendre le boulot. « Mais je suis vivant. C'est que c'était écrit. Et puis, il faut faire la part des choses : à Roubaix, tout le monde n'est pas comme ça. Je l'aime, cette ville, c'est ici que j'ai grandi. Après, c'est vrai qu'on a perdu les 3 Suisses, on a perdu Damart. Fallait voir Roubaix avant. Des bus entiers venaient de tout le Pas-de-Calais pour travailler. Aujourd'hui, bon... »

André montre la geôle et ses occupants. Il parle de la misère, de tout ce qui l'accompagne. De ses copains des Trois-Ponts, le quartier où il a grandi. « Il y en a pas mal qui sont morts quand même. »

# Les morts

Les morts, c'est presque toujours aux policiers de s'en occuper. C'est le 17 ou le 112 qu'on appelle quand on n'a pas vu sa voisine depuis longtemps. Quand on a entendu une détonation dans l'appartement d'à côté. Ce sont les policiers qui recherchent les papiers d'identité dans les poches d'un grand-père décédé depuis plusieurs semaines. Eux qui décrochent les pendus, qui interviennent quand un homme se tue à l'arme à feu, y compris quand c'est un collègue. Un policier de Roubaix raconte : « C'était en région parisienne. La patronne entend le bruit de culasse. On arrive tous en courant : un trou de 9 mm d'un côté du crâne et de l'autre, une sorte de chou-fleur. Voilà. Le copain est plus là. Et, toi, tu le ramasses. » Le taux de suicide dans la police serait supérieur de 36 % à celui de la population générale[1].

Dans le jargon policier, on dit « découverte de cadavre » ou « Delta Charlie Delta » (DCD). Ceux

1 Selon la docteure Gaëlle Encrenaz, autrice de l'une des principales enquêtes sur le sujet : bit.ly/3GNe2Rg

qui ont la malchance d'en découvrir beaucoup sont qualifiés de « chats noirs ». Pour ma part, je serais plutôt un « chat blanc ». Un jeune adjoint de sécurité m'a affublé de ce surnom après une intervention « qui sentait le Delta ». Les ondes évoquaient une « personne ne répondant plus aux appels ». C'est généralement par là que ça commence. Sur place, on nous avait avisés que la vieille dame était à l'hôpital pour une opération programmée de longue date. Elle n'avait pas prévenu son fils, qui s'était inquiété. Le jeune adjoint de sécurité, un peu superstitieux, attribuait ce retournement de situation à ma présence. « Franchement, un cadavre qui saute, c'est pas tous les jours. On va vous garder avec nous, Chat blanc. »

Lorsqu'ils arrivent sur une potentielle découverte de cadavre, les policiers cherchent d'abord à entrer dans le logement. Parfois, les pompiers les ont devancés. Quand ces derniers le peuvent et sont sympas, ils préfèrent casser une fenêtre du premier étage plutôt que la porte d'entrée. Ils savent que les policiers ne peuvent pas partir en la laissant ouverte et restent parfois bloqués des heures à attendre un serrurier. Dès qu'ils découvrent un corps, les agents appellent leurs collègues du Quart (les urgences judiciaires du commissariat), qui leur demandent l'identité de la personne et si la mort est violente, de cause inconnue ou suspecte. Dans ces trois cas, un officier de police judiciaire « se transporte sans délai sur les lieux » (article 74 du code de procédure pénale). Le parquet est bien entendu avisé.

L'une des dernières fois que je suis allé à Roubaix, j'ai vu le corps d'un homme allongé dans son salon.

Il portait une chemise bordeaux et un gilet gris. Au mur, le visage de Charlie Chaplin, et une photo dédicacée de Jean-Paul Belmondo sur une commode. Une carabine était posée sur son torse, le bout du canon à quelques centimètres de sa bouche. Un des policiers était entré dans la pièce, l'air grave, puis s'était discrètement signé. Un autre était assis nonchalamment sur une chaise, les jambes écartées. Il sifflotait.

« Cette attitude-là, de siffler, de s'asseoir comme ça, je la trouve inadmissible, c'est un manque de respect », m'avait alors dit l'un de ses collègues, en aparté. Dehors, il avait expliqué pourquoi la scène n'était au final pas si choquante : « Le corps, là, c'est un propre. » Question de calibre. « Sa carabine, c'est du .22. Encore plus petit que nos balles de 9 mm. La semaine dernière, on en a eu un qui s'est tué au fusil de chasse. »

Le calibre 12, plus gros, envoie une cartouche en plastique remplie de plombs, décrit le policier. « Il y avait des morceaux de crâne partout. » Le ton est clinique. C'est sans doute l'habitude. Plus tard, au commissariat, il fera défiler des photos de cette intervention sur un ordinateur, et puis d'une autre bien moins sanglante. « Là, y a pas de sang, mais c'était plus dur. C'est toujours plus dur quand c'est un jeune. » Sur l'écran, un adolescent noir semble dormir sous une couette aux couleurs passées. Des boîtes de médicaments sont posées sur la table de nuit près de lui.

Non seulement les policiers découvrent régulièrement des cadavres, mais ils passent parfois un temps énorme à leurs côtés, pour attendre l'OPJ, le serrurier, le médecin… Un « police secours » de Roubaix raconte : « Je me souviens d'une fois, on a séché ("poireauté", dans le jargon) pendant toute la vacation. Huit heures, donc. Quand on a été relevés, même l'équipage suivant a continué à attendre, dans l'appartement, avec le corps. » En cause, cette fois-là : le manque de médecins et le temps dont ils ont besoin pour se déplacer.

La venue d'un généraliste est en effet nécessaire pour constater le décès. Les policiers les imaginent fortement rémunérés. Les praticiens sont payés 100 euros pour la visite et le déplacement par la caisse primaire d'assurance-maladie, à laquelle ils doivent envoyer une feuille de soins. Pour s'éviter la paperasse, certains médecins commencent par rechercher la carte Vitale du mort en entrant au domicile, ce qui choque beaucoup les agents.

Si la mort est violente, de cause inconnue ou suspecte, le médecin coche la case « obstacle médico-légal » sur le certificat de décès. Quand il y a un obstacle, le corps est envoyé à l'IML, l'institut médico-légal, pour autopsie. La France en réaliserait moins de 10 000 par an.

Aucun chiffre précis n'existe sur le sujet. « Des obstacles, on en a beaucoup trop. Les médecins ne veulent pas prendre de risques. Mais on n'est pas là pour déterminer la cause de la mort de chaque Français ! » râle le commissaire divisionnaire de Roubaix. 669 000 personnes sont décédées en France en 2020, selon l'Insee.

# L'autopsie

Lille-Sud, à l'entrée de l'IML. Un homme en blouse blanche lève un sourcil à la vue de mon badge « Observateur », avant de m'accompagner au sous-sol.

Dans le couloir, un corps est recouvert d'un plastique blanc. L'homme en blouse, Francis, explique que les autopsies se pratiquent toujours « en binôme ». Deux légistes « et un employé de la morgue qui nous aide », et qui visiblement ne compte pas. Francis enfile une cagoule bleu ciel, un masque FFP2 et des lunettes en plastique, puis franchit une double porte. Les policiers de Roubaix sont là : Véronique et Éric, de la Scientifique, et un enquêteur. Sur la table en Inox repose MOKRANE Abdel, 1,79 m, 73 kg. Les murs de la pièce sont vert d'eau.

Francis s'approche de l'autre légiste, qui a au moins vingt ans de moins que lui, et pique les yeux du mort à l'aide d'une seringue, l'un après l'autre, pour prélever le vitré, un gel qui permet notamment de dater la mort. Les légistes expliquent les différentes étapes de l'autopsie. Premier temps : un examen externe du corps. Deuxième temps : une incision dans les régions les plus accessibles (dos, bras, cuisse, mollet, fesse) à la recherche de blessures profondes. « Des coups, ou ne serait-ce qu'un bras maintenu très fort, peuvent laisser des ecchymoses sous-cutanées, alors même qu'on ne voit rien à l'extérieur », détaille Francis d'un ton docte.

L'employé de la morgue tord la main droite du cadavre et Véronique s'approche pour la prise d'empreintes. Elle cherche à attraper le pouce, n'y arrive pas : « Sa main se referme, c'est super dur. » La rigidité cadavérique est due à des modifications chimiques au sein des muscles, qui se figent, explique encore Francis. L'employé tord plus fort, comme s'il tentait une clé de bras. Véronique le guide. « Encore un peu... Non, toujours pas... Oui, voilà. » Un peu plus tard, elle me dira : « Quand je suis concentrée, j'oublie que j'ai une personne allongée. Ça devient un peu une pièce à conviction. » Pendant qu'on manipule le cadavre, sa tête bouge, oscille. L'autre policier de la Scientifique, Éric, la suit du regard. Le troisième temps de l'autopsie consiste à ouvrir la boîte crânienne, et à extraire les différents organes.

« Il est mort quand, ce monsieur ? » demande le jeune légiste. « Le 30 à 15 heures », répond Véronique. Cela fait moins de quarante-huit heures. Francis demande s'il faisait la prière. Il montre la peau calleuse de ses genoux, puis énonce : « Pas de trace externe de violence. » Coup d'œil taquin aux policiers. « Pour une fois que vous m'en amenez un sur lequel vous n'avez pas trop tapé ! »

Le sourire d'Éric est timide. Il a 20 ans. Les taches de rousseur sur ses joues sont à peine visibles. C'est sa première autopsie. Le jeune policier écoute, sourcils froncés, le vieux légiste commenter la chute d'Abdel Mokrane de plusieurs étages. « Il est presque moins amoché que mon pendu de tout à l'heure. » Le policier regarde l'employé et le jeune légiste qui s'affairent autour du corps. Le premier le masse pour rendre les membres moins rigides, tandis que le second approche une scie circulaire avec un tube proche de la lame pour aspirer le sang.

Le corps est retourné. La lame d'un scalpel entaille légèrement l'arrière du crâne. L'incision se poursuit dans le dos. Éric se tourne vers moi : « Voir ça... On se dit... C'est à ça qu'on ressemble... On est fragile quand même. C'est... » Il se reconcentre sur le corps, comme s'il regrettait de s'être lancé dans cette phrase. Je repense à l'expression de la psychologue. C'est « effractant ».

J'aurai l'occasion de discuter avec plusieurs policiers de Roubaix du moment où, psychologiquement, ça craque. Lorsqu'on assiste à l'autopsie d'un enfant qui porte le même pyjama que son fils de 5 ans. « Là, il a vraiment fallu sortir. » Lorsqu'on voit simplement « le cadavre de trop », comme le dit un vieux policier aujourd'hui occupé par des tâches administratives. C'est lui qui raconte. « Un jour, j'arrive sur le perron d'une maison — je travaillais alors au Quart. Dans la cuisine, j'aperçois une famille, anéantie. Je n'ai pas pu entrer. Une sorte de décompensation. Comme si j'avais fumé. J'ai fait le tour de l'habitation et je me suis caché derrière. J'ai demandé à un collègue de prendre des photos à l'intérieur, et j'ai fait les constat' comme ça, depuis le jardin. Une fois rentré chez moi, j'ai dit à ma femme : "Je change de service." Les corps, c'est intéressant. Faut être minutieux. Mais ça use. »

Un bruit de scie circulaire dans la salle d'autopsie. Pendant que l'assistant de la morgue est en train de recoudre le dos, à gros points, la boîte crânienne s'ouvre sous une grosse lampe de cabinet dentaire. Le jeune légiste dépose le cerveau sur une table à roulettes et l'inspecte, pendant que son confrère s'affaire au niveau de l'artère gauche. Il repère une plaie. « Voilà la cause de la mort. »

Le vieux légiste écrira sur le compte rendu : « Décès consécutif à un traumatisme de haute envergure. Association de lésions orthopédiques des membres et du thorax et d'une plaie artérielle à l'origine d'une hémorragie interne massive qui a entraîné le décès. Absence de lésion spécifique des zones de maintien ou de défense. » En clair, les conclusions sont compatibles avec la chute décrite. « Après, reprend le légiste, dire avec certitude qu'on ne l'a pas poussé... Disons qu'aucun argument médical ne va dans ce sens, mais on ne peut pas l'exclure. »

La veille, le beau-frère de M. Mokrane a été interrogé au commissariat de Roubaix. Il était venu aider le mari de sa sœur à déménager des cages d'oiseaux vers son nouvel appartement, « plus grand et situé dans un meilleur quartier ». M. Mokrane avait sauté sans rien dire. « Vraiment, je comprends pas. Ils allaient être si bien... » Pendant près d'une demi-heure, l'enquêteur a demandé au beau-frère comment Abdel avait enjambé la fenêtre. Où étaient ses mains ? Est-ce qu'il les avait posées sur l'embrasure ? De quel côté ? Il a répété certaines questions, « pour vérifier. Souvent les menteurs ne se souviennent pas de leurs mensonges ». Il a aussi envoyé la Scientifique faire des prélèvements sur l'embrasure de la fenêtre, « toujours pour vérifier. Mais je pense qu'il dit la vérité. C'est triste, ce qui est arrivé à son beau-frère... Attends, c'est comment déjà ? J'ai déjà oublié son nom, à cet homme ».

Dans la voiture qui nous ramène à Roubaix après l'autopsie, le jeune policier de la Scientifique, Éric, me parle sans me regarder : « On se rend pas compte en fait, de ce travail. Les autopsies... On pense tout de suite aux grands crimes, aux tueurs en série. » Son regard se détache du paysage. « Mais c'est aussi important de vérifier si personne n'a poussé le monsieur. Ce serait pas normal qu'il parte sans qu'on sache. »

# Les chefs

Chaque matin, à 8 h 59, le commissaire divisionnaire Éric Eudes sort de son bureau au troisième étage du Central, une cafetière à la main. Avec Quentin, son adjoint, ils retrouvent les autres gradés autour de tables disposées en carré. « Bonjour, messieurs. » On fait passer les gobelets.

La parole est au chef de la Sûreté urbaine, responsable des enquêteurs, et au commandant chargé de la Voie publique, c'est-à-dire des « en tenue » (police secours, BST...) et de la brigade anticriminalité, qui intervient en civil. Ces agents de voie publique représentent 60 % des effectifs, sur un total de 438 fonctionnaires. Ils étaient environ 600 il y a vingt ans. En France, le recrutement des forces de l'ordre est aujourd'hui en hausse, mais la police et la gendarmerie ont perdu plus de 9 000 postes entre 2007 et 2012[1], sous le quinquennat de Nicolas Sarkozy. « La droite est paradoxale, me dit un jour un

1 Chiffres présents dans les projets de loi de finances.

policier roubaisien de gauche. À chaque campagne, ils déclarent leur amour de la police. Et, une fois au pouvoir, ils se souviennent qu'on est des fonctionnaires. Là, ça taille dans les effectifs. » Autour de la table de réunion, les deux commandants récapitulent l'un après l'autre le nombre et le motif des gardes à vue, les affaires en cours. Cette tentative de viol sur mineur, cette personne âgée retrouvée allongée sur le banc qui fait face au cimetière de Croix, morte...

J'apprends que Saïd Charfi a été transféré à la maison d'arrêt d'Annœullin, à une trentaine de kilomètres de Roubaix, escorté par six fonctionnaires répartis dans deux véhicules. Le dossier de son évasion a été confié à la BRAP, la brigade de répression des atteintes aux personnes, ce qui a beaucoup soulagé Marion. Pour elle, le dossier Charfi est clos. « Je suis surtout contente qu'on l'ait déféré, je le supportais plus avec ses airs de victime », me confiera l'enquêtrice des violences conjugales, heureuse de pouvoir se consacrer à d'autres affaires. Des dizaines de victimes attendent que Marion rouvre leur dossier, pour l'instant rangé dans une chemise colorée, dans la grande armoire en fer de son bureau.

Entre les chefs en réunion, la discussion dérive. La procureure de Lille veut une opération « coup de poing » dans le quartier Cul de Four, dit le divisionnaire. C'est celui de l'école primaire Simone-Veil, devant laquelle le point de deal n'a pas bougé. « Une opération vraiment lourde », a insisté la « proc ». Le divisionnaire lui a rappelé que la brigade anticriminalité en fait régulièrement, mais elle persiste. Autour de la table, on s'inquiète du temps que vont consacrer les policiers au traitement judiciaire des saisies. « Ça risque de faire chauffer le Quart. » Mais le divisionnaire, résigné, met au programme « une grosse opération » pour la semaine suivante. « Ça tombe bien, ce sera juste avant le prochain GLTD[1] », une réunion entre les commissaires, la procureure et d'autres hauts responsables pour harmoniser leur action dans les quartiers difficiles. « Comme ça, j'aurai du stock », reprend le commissaire. Autrement dit, des infractions à compiler dans la prochaine liste à transmettre à la procureure.

À Roubaix, on appelle « cellules d'arbitrage opérationnelles » (CAO) ces interventions demandées par le parquet ou la préfecture et qui consistent à envoyer plusieurs véhicules sur un point de deal et à fouiller les caches potentielles de drogue. Un chien des Stups est généralement présent, ce qui permet d'ouvrir des coffres et des portes. Le fait que le chien les marque avec son museau est en effet juridiquement considéré comme un motif légitime de perquisition. Le problème, c'est que les guetteurs voient venir les forces de l'ordre de loin et que les policiers ne font souvent que des « découvertes sèches », c'est-à-dire de petites quantités de drogues qu'ils ne pourront jamais relier à une personne ou un réseau. « Judiciairement parlant, c'est du travail pour rien », confirme un officier de police judiciaire du Quart. « Ce sont des opérations "darmaninesques" », raille un gradé de Roubaix, en référence au nom du ministre de l'Intérieur Gérald Darmanin, qui a fait

1 Groupe local de traitement de la délinquance.

de cette manière de lutter contre le trafic de drogue sa marque de fabrique. J'entendrai un jour Quentin, le commissaire adjoint, parler des CAO lors d'une réunion en présence de la procureure et de la sous-préfète, qui demandaient d'en faire toujours plus. Il avait choisi ses termes. « Nous avons des résultats modestes sur ce type d'opération, mais cela permet de montrer qu'on agit. » Son ton était volontariste, juste ce qu'il faut pour ne pas paraître hypocrite. Autour de la table, personne n'était dupe mais chacun jouait son rôle. Petit théâtre.

Au deuxième étage du Central, la réunion suit son cours. Il est maintenant question du nombre de couvertures de survie distribuées en geôles. « La DDSP (Direction départementale de la sécurité publique) s'inquiète de notre surconsommation. Depuis le début du mois, on est à 65 couvertures pour 54 gardés à vue. On en a donné quelques-unes aux SDF qu'on a hébergés, mais cela n'explique pas la différence. Il faut le répéter aux geôliers. C'est une couverture par gardé à vue. Pas plus. » Tout le monde a l'air blasé autour de la table. Le sujet, récurrent, a le don d'agacer le commissaire divisionnaire. Il commence à imaginer une solution (« Dorénavant, vous stockerez les couvertures dans le bureau du commandant, l'OPJ viendra en chercher une à chaque placement en GAV... »), quand son téléphone sonne.

« Allô, monsieur Pau ? Oui, dites-moi rapidement. Comment ? Le nouveau dircab du préfet veut venir en contrôle routier à Roubaix. Très bien. Samedi ? C'est noté. Comment ? Il veut que ce soit dans un quartier de reconquête républicaine ? Eh bien, monsieur Pau, vous ferez savoir au nouveau dircab du préfet que tout Roubaix est en quartier de reconquête républicaine. Voilà. Bonne journée, monsieur Pau. »

Les chefs échangent maintenant des nouvelles de Yassine, leur collègue de la BST qui a empêché l'évasion de Saïd. « Je l'ai eu au téléphone, il va bientôt reprendre. » Le débat porte aussi sur la pertinence de décontaminer le 5008, un gros SUV Peugeot que conduisait l'unité. « Il avait la tuberculose, non ? » Autour de la table, certains connaissent « Charfi », au moins de réputation. « Je crois que c'est lui que j'avais attrapé il y a quelques années », m'a confié un gradé avant la réunion. Ou alors c'était l'un de ses frères. Famille de pleu-pleu. » Le commissaire divisionnaire met fin aux commentaires sur les antécédents de Saïd Charfi. « C'est un fatigué. On en a beaucoup à Roubaix. »

« Un fatigué ». J'entendrai souvent le patron employer cette expression lors des réunions du matin. Au sujet de M. Louale, 41 ans, qui en était à son dixième départ de feu sur la commune de Hem. De Tony Gomez, un « Cap-Verdien » qui avait agressé un homme avec une pelle, quelques heures après sa sortie de prison, à la station Eurotéléport, où se croisent le métro et le tramway de Roubaix. De cet homme, encore, dont je lui avais parlé, beaucoup trop fin pour son corps immense, qui était tombé du siège arrière d'un 5008 avant d'être énergiquement relevé par deux policiers qui lui avaient versé une bouteille d'eau sur la tête. « Alors ! ? T'étais plus vaillant tout à l'heure face à mamie avec ta lame de 30 cm ! »

« Les fatigués ». J'avais encore pensé à cette expression face à cet autre homme, en garde à vue, qui se frappait la tête contre la porte de sa cellule, très fort. Le geôlier avait menacé de le menotter dans le dos et de lui mettre un casque de moto. « C'est ce qu'on fait quand ils sont trop agités, expliquait-il en montrant six casques alignés en haut d'une étagère. C'est pas légal, mais c'est efficace. »

Avec le divisionnaire, nous avons plusieurs fois échangé sur le manque de moyens des hôpitaux psychiatriques, les résultats de leur politique d'interner de moins en moins... « Du coup, tous ces gens sont dans la rue. Or c'est justement l'endroit qu'on est chargés de policer. » Il écoutait mes inquiétudes concernant le manque de formation en psychologie des fonctionnaires, qui n'ont souvent qu'une compréhension empirique des différents troubles mentaux, des effets du manque... Chaque fois, le divisionnaire concluait : « Que voulez-vous, monsieur Corre, il y a des gens fatigués. »

# Les « fous »

J'emprunte le couloir encombré de vieux casiers éventrés qui mène au second parking du commissariat, celui des voitures personnelles. L'autre doit être plein, le 5008 sérigraphié y est garé. Seul le jeune à l'arrière répond à mon bonjour lorsque j'entre dans le véhicule. L'agent assis à l'avant, siège passager, joue à un jeu de tir sur son smartphone. Dix minutes plus tôt, il s'embrouillait avec le chef de bord au sujet de ma présence. Je l'appellerai « Mutique ».

Sur l'écran du téléphone de Mutique, un gros viseur tremble, un cerf broute dans une prairie. Son tir rate la tête alors que la voiture passe le portail du commissariat. Marc, le chef de bord, est monté côté conducteur. Il fait – 1 °C et il pleut. RTL2 diffuse *Everybody Hurts* de R.E.M. Il est 5 h 10.

Le premier appel que l'on reçoit est de TN 120. C'est la fréquence du chef de poste à Roubaix. Une personne très matinale et « qui ne dispose pas de toutes ses facultés mentales » serait venue au commissariat vers 5 h 30 pour se plaindre d'un hélicoptère qui tourne au-dessus de chez elle. Elle vient de rappeler au sujet d'une arme à feu. Un autre équipage est envoyé à son domicile.

Marc met ce genre de comportement sur le compte du cycle lunaire. « Là, encore, ça redescend, mais chaque fois qu'elle est pleine, comme samedi dernier, il y a plein d'inters (interventions). » L'idée fait débat. Un jeune « police secours » agacé de la superstition de ses collègues me fera découvrir quelques semaines plus tard une étude publiée en janvier 2019 dans le *British Medical Journal*. Selon l'article, le cycle lunaire aurait bien une influence sur le nombre d'homicides, mais pas comme le pense Marc : les criminels auraient tendance à profiter du noir et, ainsi, à éviter la pleine lune.

Notre 5008 quitte la rue de Lannoy. Marc demande à Mutique de vérifier la plaque d'un fourgon, blanc, comme ses cheveux. La veille, nous avions discuté de sa coupe non réglementaire : « Parfois, on me dit qu'ils sont trop longs, mais je m'en fous. » Le début de la matinée est calme, comme souvent. Vers 7 heures, un bruit de pales d'hélicoptère réveille l'habitacle. « C'est bon, on a identifié l'hélico », annonce la radio. Tout le monde a reconnu le brigadier André, « un gros déconneur ». Le bruit de pales provenait d'une vidéo YouTube.

Maintenant que le jour est bien levé, les appels radio sont plus fréquents. Une famille s'est réveillée avec la porte de sa véranda fracturée : les vélos des enfants ont disparu. C'est la Scientifique qui prend le relais. Il pleut moins à Roubaix mais il fait plus froid. Mutique ne parle toujours pas. La radio nous envoie à Wasquehal, « au domicile d'une maman chez qui le fils a tout cassé ».

Une femme d'une soixantaine d'années entrouvre la porte, apeurée. Elle tremble, enserrant d'une main la robe de chambre effilochée qu'elle porte à même la peau. Son appartement dévasté est plongé dans le noir. Le compteur électrique a été arraché. Au policier, elle dit : « S'il vous voit là, il va me tuer. » Elle raconte que son fils Olivier est né en 1985. Qu'il a fait une crise, comme cela lui arrive de temps en temps, surtout quand il ne prend pas ses médicaments. Parfois, il détruit tout chez sa mère et dans les parties communes, confirme un voisin.

La femme s'apprête à refermer sa porte. « Madame ! Attendez ! » Mutique s'est approché, tout près.

« Vous ne voulez pas qu'on vous envoie quelqu'un ? Un proche ?

– Non, je...

– Ce serait bien que vous veniez porter plainte. C'est pour vous protéger.

– Je sais pas. Ça va faire trop de misères. »

Le policier abaisse son masque noir. Ses sourcils ne sont plus froncés, comme dans la voiture, il a les yeux bleu clair, les traits réguliers. Il parle à cette mère de l'assistante sociale et de la psychologue du commissariat et lui propose d'appeler un proche avec son téléphone portable. La porte s'est un peu rouverte.

« Vous pouvez aller à pied d'ici à la mairie. Ils auront une solution d'hébergement pour vous, dit le policier.

– Je ne me sens pas bien du tout.

– Vous voulez que j'appelle les pompiers ?

– Non, je... Vous n'auriez pas une cigarette ? »

Le policier s'excuse de ne pas fumer.

« Vous devez me prendre pour une folle.

– Ce n'est pas ce qu'on pense de vous. On pense que vous avez besoin d'aide. »

Le policier propose à nouveau les pompiers, la mairie, l'assistante sociale, l'appel au proche. La femme recule sur la pointe des pieds. Elle répète qu'on doit la prendre pour une folle, « une débile ». La porte s'est refermée.

En bas de l'immeuble, le Mutique explique : « Vraiment, on ne la juge pas, cette dame. C'est surtout qu'on peut rien faire si elle ne veut pas. » Il regarde la façade, cherche le bon balcon. « Alors qu'il y a des solutions... » C'était la dernière intervention de la matinée. Le 5008 rentre au commissariat. Au fait, Mutique s'appelle François.

Le soir au Central, je tombe sur un vieil homme à l'air perdu assis devant les geôles. Il porte un caleçon sans pantalon et des chaussures en cuir. Le chef de poste, un barbu, lui demande ce qu'il fait là, mais il ne répond pas. Des collègues en patrouille l'ont trouvé dans la rue, désorienté. Il n'a aucun papier sur lui. Quelques lettres dépassent seulement de sa veste de costume. Grâce à une adresse, le barbu trouve un numéro de téléphone, appelle. Il s'agit d'un ancien voisin, qui vit maintenant dans le Sud. Le vieil homme s'appelle M. Zaoui, 80 ans. Il y a quelques années, sa fille aurait cherché à le placer dans une résidence spécialisée Alzheimer, mais c'était trop cher. Elle a depuis déménagé du Nord, dit le voisin. Après avoir raccroché, le barbu appelle une ambulance et puis une connaissance au CHU de Roubaix. « Le dîner est pas encore passé ? Tu peux t'assurer qu'il puisse manger ? » Il veut être certain que le vieil homme sera bien accueilli.

# Les voitures

Après la réunion des chefs, le commissaire divisionnaire remonte dans son bureau. Sur son grand agenda est écrit : *14 h 10, point BST*. L'unité Crommelynck, du nom de famille de son chef, Romain, arrive à l'heure dite. Les hommes se placent en arc de cercle face au divisionnaire. « Messieurs, j'ai tenu à faire ce petit point à la suite de l'épisode d'hier. Je veux mettre en avant votre professionnalisme puisque vous avez mis fin à la tentative d'évasion. » Le patron leur annonce la venue prochaine d'un formateur aux techniques et à la sécurité en intervention. Romain grimace. Doute-t-on, quoi qu'on en dise, de son professionnalisme ? Le divisionnaire rassure : « C'est une procédure classique. Un simple débrief opérationnel, comme en font les groupes spécialisés. » La référence au Raid apaise le chef d'unité. Le commissaire demande enfin des nouvelles de Yassine, le policier dont Saïd a voulu saisir l'arme. Il le recevra à son retour dans quelques jours.

À la sortie du bureau, Romain a l'air soulagé : « On ne pense pas avoir commis d'erreurs, mais quand on a rendez-vous chez le patron, on ne sait jamais. » En descendant les étages, je lui demande si je peux passer l'après-midi avec son équipe. Coup d'œil au major Henri, son supérieur, qui acquiesce. En chemin, je croise Marion, l'enquêtrice des violences conjugales. Elle est joyeuse, avec un air enfantin que je n'avais jamais remarqué. Marion a reçu les résultats de la téléphonie. Trois des portables perquisitionnés chez Saïd ont été utilisés pour harceler Mme Laroussi. En cinq mois, 1 431 appels malveillants ont été passés avec le premier, 477 avec le deuxième et 71 avec le troisième. « On a pu recouper plus de la moitié des appels ! C'est trop bien ! » s'enthousiasme Marion.

Dans la voiture de la BST, l'appréhension de la matinée est retombée. Romain reparle de Saïd. « À l'hôpital, il était calme, sympa même. À la sortie, il nous parlait de son ex-femme et de son frère. Ça avait l'air compliqué. » J'acquiesce sans rien raconter. Les policiers ignorent le contenu précis des dossiers lorsqu'ils assurent un transfert. « "Je suis pas dangereux", qu'il disait. Il ne comprenait pas pourquoi on avait envoyé le Raid. » Romain porte la même combinaison bleu marine que les membres de l'unité d'élite. Les BST ont été créées en 2010 par le ministre de l'Intérieur Brice Hortefeux, en remplacement des UTeQ (unités territoriales de quartier), ce qu'il restait de la « police de proximité ». Le ministre de François Fillon les voulait « plus musclées ».

Romain a les cheveux courts, le physique sec, athlétique et les paupières un peu tombantes. Dès qu'il a cinq minutes, il allume une roulée, comme sur ce rond-point de Wattrelos où l'on vient de s'arrêter pour un contrôle routier. Le commandant de la voie publique a envoyé la BST en renfort des douanes. « La frontière est juste là, à 500 m. C'est un bon spot », commente Romain en attrapant un Stop Stick, une herse portative.

« Monsieur, vous éteignez le moteur. Vous descendez du véhicule. » Romain s'est approché de la grosse Audi RS Q3 fluo qu'un collègue vient d'arrêter. L'écran de la tablette NEO s'est figé. Quand le terminal fonctionne, il permet aux policiers d'accéder aux différents fichiers, en l'occurrence le système d'immatriculation des véhicules et le fichier des objets et des véhicules signalés. Romain explique au conducteur qu'il va falloir venir avec eux au Central, « pour vérification ». Ce dernier, la vingtaine, a l'air stressé. Il porte un jogging élimé et un maillot de football. Il aurait oublié son permis chez son frère, où il se rendait.

Sur le parking du commissariat, c'est maintenant Romain qui a l'air inquiet. Son visage a retrouvé l'expression d'avant la réunion chez le commissaire. Il fait les cent pas au téléphone, puis raccroche. « Ouf, c'est bon. Viens à l'intérieur, je t'explique. T'avais repéré le pare-chocs déclipsé à l'avant du Q3 ? » Les dealers y cachent parfois la drogue qu'ils rapportent des Pays-Bas.

En passant la plaque de l'Audi au fichier, Romain avait lu cet avertissement de la police judiciaire (PJ) de Créteil : « Véhicule mis en surveillance sur le territoire national. Nature de la surveillance : menaces graves à la sécurité publique. » Les policiers étaient seulement censés renseigner son lieu et son heure de passage, et ne surtout pas alerter le conducteur.

Romain avait donc appelé la PJ de Créteil pour s'excuser. « Finalement, ils étaient contents, ils n'avaient plus de nouvelles de la bagnole. Les crapauds (les jeunes sur les points de deal) avaient dû repérer la balise et l'enlever. Je leur ai donné l'identité du conducteur. » Un fiché S. « Et on l'a laissé partir. »

L'Audi avait une plaque polonaise. Ces voitures de luxe (la RS Q3 vaut à peine moins de 100 000 euros) que l'on voit régulièrement à Roubaix sont souvent achetées à crédit dans des pays du centre de l'Europe. L'acheteur cesse de payer les mensualités, puis revend le véhicule, qui a seulement besoin de nouvelles plaques.

La patrouille de la BST a repris. « Suis le Velar (un Range Rover), là. Il a une tête à gratter dessus. » Un jeune collègue de Romain, à l'arrière, montre la nouvelle tablette qu'il a récupérée au Central. Il vient d'y entrer la plaque d'une Peugeot blanche. « Tu vois, là, on ne peut pas savoir à qui appartient le véhicule. » Sur le NEO, je lis : *AUTO CHY.* « C'est le nom d'un garage fantôme. » Une société créée en août 2020 au nom d'un individu de Courbevoie, qui a déposé plainte pour usurpation d'identité. Ses papiers lui avaient été dérobés à Lille en 2017, dans sa voiture. Les arnaqueurs ont utilisé son nom pour immatriculer 530 véhicules.

Depuis 2017, les cartes grises peuvent en effet se faire en ligne. Et, selon une note de la direction zonale de police judiciaire (DZPJ) du Nord, « les réseaux criminels ont parfaitement su s'approprier les failles de ce nouveau système en montant de nombreux garages fantômes, en vue de faciliter leur anonymat ». Début 2021, une voiture immatriculée par Auto Chy a ainsi été interpellée à son retour des Pays-Bas. Dix-sept kilos d'héroïne pure ont été saisis. En janvier 2021, les garages fantômes de l'agglomération lilloise ont immatriculé 5 335 véhicules, selon la DZPJ. Le phénomène serait national.

La nuit est tombée à Roubaix et la voiture de la BST continue de tourner. Quartier du Pile, Romain repère un jeune conducteur. « Mets un coup de deux tons. » Le gyrophare bleu éclaire la brique rouge et le garçon au volant de sa petite 206 sort de l'habitacle. « J'allais juste la regarer, je suis désolé. » Il a 14 ans, un jogging noir et orange et l'air penaud. La porte d'une maison délabrée, aux volets clos, s'ouvre un peu plus loin dans la rue. La mère du jeune accourt. « Oh non, messieurs, c'est moi qui l'ai envoyé la garer. » La mère porte un pyjama Snoopy. Il fait froid.

Les policiers fouillent le véhicule, trouvent un pochon d'herbe. La mère grelotte. « S'il vous plaît. C'est dur de les élever quand t'es toute seule. Venez voir la maison, c'est insalubre. J'ai sept enfants et il y a deux chambres. Amir, s'il avait son intimité, il serait pas dans la rue. » Un débat éclate entre les policiers. Le jeune de la BST, ancien chauffeur poids lourd, veut interpeller. « Il y a trop de délinquance routière, me dit-il. T'imagines pas le nombre de personnes qui conduisent sans permis. » Selon les chiffres ministériels : 770 000 fin 2019. Romain, son chef, décide de seulement sanctionner « pour le stup ». Amir recevra à domicile une amende forfaitaire de 200 euros (150 euros s'il paie dans les quinze jours). « Tu réalises qu'on aurait pu t'ouvrir en deux ? le gronde Romain. Conduire avant 18 ans, ça peut aller jusqu'à 15 000 euros d'amende et un an de prison. Alors, tu t'attires plus de problèmes. Et que je te voie jamais sur le point de deal, là-bas. »

Romain a grandi à Roubaix. Il sait que la mère d'Amir dit la vérité : « Les gamins sont tout le temps dans les voitures parce qu'ils sont pas bien chez eux. » Parce que c'est trop petit. Qu'ils n'ont pas de chambre à eux. Qu'ils veulent passer un coup de fil à un copain, à une copine. Être tranquille, comme tous les ados. Romain se souvient d'un jeune qui avait acheté une Peugeot 206 d'occasion et l'avait garée en bas de chez lui. « Elle roulait pas, c'était juste pour squatter. » Il avait 13 ans.

## Les parents

Une enquêtrice des « Mineurs » entre dans la salle de pause des « violences conj ». Son audition d'une petite fille de 10 ans vient de se terminer. Il est 13 heures, elle se sert un café, inspire fort et en avale une gorgée. L'école avait alerté à cause de mots crus que la fillette employait. L'enquête a montré que sa mère, 47 ans, et son beau-père, 30 ans, avaient des relations sexuelles devant elle. « En audition, ils ont dit qu'elle demandait, qu'elle voulait tellement avoir une petite sœur... » Dans la pièce, tout le monde a une grimace de dégoût. « Putains de parents », lâche un policier.

Dans mon carnet, je l'ai surnommé « Clope », parce que ses cigarettes mal roulées ont tendance à se mêler à sa barbe. Il assène : « Le problème, c'est tous les parents qui ont lâché. » C'est dit d'un ton plat, sur le parking du Central, en décapuchonnant un gros pot de tabac acheté en Belgique. « Aux Mineurs, reprend Clope, t'en verras plein, des enfants maltraités. Tu pourras raconter toutes les atrocités de la Terre. Mais faut pas oublier les autres, ceux avec des parents… comment dire… » Il rallume sa cigarette, pas assez tassée. « J'ai envie de dire qui sont juste des gros cons, mais je cherche un mot que tu puisses écrire. Des parents qui ne les protègent pas, voilà. »

J'ai embarqué dans une voiture des Stups, il est 5 h 45. Les enquêteurs s'apprêtent à perquisitionner chez Julien, la trentaine, qui tient un service de livraison de cocaïne, héroïne et plus rarement de cannabis. L'un des policiers s'annonce à la radio. « TN 59 de Stups 120 Alpha. Quittons le Central. Équipage de quatre. Trois fonctionnaires et le journaliste. » À l'arrivée, on passe devant le Couvent, un ancien monastère que la mairie veut restaurer en « lieu de vie atypique mêlant street food passionnée et écoresponsable, boutiques éphémères, programmation plurielle ». Les policiers s'arrêtent devant l'une de ces maisons du Nord en briques rouges, tout en longueur. Quelques semaines plus tôt, la Ford de la brigade anticriminalité a été recouverte d'une douzaine d'œufs, lancés de la fenêtre du numéro d'à côté. Un nouveau point de deal. « Eux, on va se les faire », ont alors dit les policiers.

Dans l'entrée de chez Julien, le sol est sale, encombré de produits d'entretien, de balayettes et de balais-brosses. J'assiste à la perquisition depuis l'extérieur du domicile. La procureure de Lille, Carole Étienne, m'a autorisé à suivre les policiers lors de tous les actes d'enquête, sauf les perquisitions — la présence de journalistes peut entraîner la nullité de cette procédure. Quand la porte s'ouvre, le trentenaire émerge d'un canapé en similicuir gris installé dans le salon. Le genou d'un enquêteur des

Stups, posé sur sa nuque, achève de le réveiller. « On sait jamais, il peut avoir un couteau », précisera le policier. Dans la cuisine en enfilade, Julien est maintenant debout, menotté. Les enquêteurs fouillent un tas de poubelles dans la courée attenante et trouvent un sac d'herbe. « C'est à toi, la drogue ? Ah non, c'est pas à toi, OK. Tu veux que je place ta mère en garde à vue, donc ? » Sur le canapé où Julien dormait, trois enfants viennent de s'installer. Le garçon, 8 ans, est emmitouflé dans une doudoune rouge avec des oreilles de chat sur la capuche. Ses yeux sont rivés sur le chien des Stups qui s'approche d'une grande armoire en désordre. Je distingue un vase rempli de fausses fleurs, un aquarium sale et des photos de classe sur fond bleu ciel.

« Ah non, le chien ! crie Catherine, la mère de Julien. Touchez pas à ça, c'est les affaires de mes parents. Je jure sur leur tombe que j'ai perdu les clés de l'armoire.

– Par pitié, ne jurez pas », gronde un policier.

Catherine s'adosse à ce qu'il reste d'une cloison séparant la cuisine de la salle à manger. *BONNE ANNÉE !* est écrit en rouge au-dessus d'elle sur une banderole dorée. Nous sommes en avril. Sa fille de 14 ans lui tire le bras.

« Maman ? Il est où, Papa ?

– Au travail. Tu sais bien qu'il travaille de nuit, ma chérie. » Aux policiers : « Il bosse dans une société de nettoyage. »

La fouille est terminée. Le résultat est modeste : 10 g de cocaïne, 7 g d'héroïne et 500 g d'herbe. Catherine dit qu'elle a mal au cou. Un policier propose à l'un de ses collègues de la masser. « Oh, moi, je veux bien », minaude-t-elle. La petite dernière, 6 ans, regarde tout le monde rigoler sans comprendre.

De retour au commissariat, je rejoins l'étage des Stups, toujours encombré de vélos de course. Deux policiers sont en train de retranscrire les écoutes du portable de Catherine. Ils me tendent un casque. Je reconnais la voix éraillée de la mère de Julien. Elle vient tout juste de prévenir son mari, qui panique et insulte les policiers. Un enquêteur des Stups lève un écouteur de son oreille : « Je lui demanderai tout à l'heure de m'expliquer pourquoi je suis un fils de pute. » Catherine rassure son compagnon au sujet de l'héroïne : « J'ai fait croire que c'était à moi. » Au début de l'appel, elle a demandé à sa fille de 14 ans de vérifier si toutes les caches de drogue ont été découvertes. L'enfant semble avoir fait le tour de la maison, et Catherine s'est exclamée : « C'est bon, ils n'ont pas tout trouvé ! »

En audition, quelques heures après la perquisition, le père s'indigne. « On m'arrête alors que je suis un travailleur, je me lève tous les matins à 3 heures pour élever mes enfants. » Quelques mois plus tard, à l'audience, alors que son beau-fils Julien jurera à la présidente du tribunal que ses frères et sœurs n'ont jamais rien vu du trafic, le cinquantenaire sanglotera : « Je ne veux pas perdre ma famille… »

J'en ai souvent vu, à Roubaix, des enfants réveillés par l'interpellation de leurs parents. La scène se passe dans une maison en briques semblable à toutes celles du quartier. Il est 5 heures du matin et plusieurs voisins ont sorti leur chien. Ils passent l'air de rien entre les policiers du Raid encagoulés, tentant de jeter un coup d'œil à l'intérieur, où une de leurs collègues agite un jouet en plastique devant un enfant de 9 ans, manifestement impressionné. Le jouet est à l'effigie de Venom, un antihéros de l'univers Marvel. À peine arrivée dans la maison, la capitaine Pablis, à la tête des violences conj, s'approche de l'enfant : « Tu es en CE2, non ? Alors tu vois, Enzo, on n'agresse pas tes parents. On est policiers, il faut nous faire confiance. » La capitaine a longtemps travaillé aux Mineurs en région parisienne.

Dans la voiture, avant l'interpellation, elle m'a parlé de son fils. Lui aussi a 9 ans. Elle l'a en garde alternée et vient de signer pour une maison à bonne distance de Roubaix, « pour qu'il soit mieux installé ». Elle imagine créer un « coin livres » dans le salon et installer un trampoline dans le jardin. Elle rêve déjà de leurs parties de foot, aux beaux jours, dans le champ d'à côté.

Après l'interpellation du Raid, la capitaine demande à la mère d'Enzo :

« Ça va, le petit, il n'a pas eu trop peur ?

– Oh, non. Il veut aller au Raid quand il sera grand. »

Dans l'entrée, le père d'Enzo, interpellé, essaye de rouler une cigarette sans trembler. Il interroge le capitaine Pablis. Réponse ferme : « Ah non, monsieur ! Il faut protéger le petit. On ne va pas parler devant lui de ce qu'il se passe. »

Clope me dit : « Ce qui tient un policier serein, c'est souvent sa famille. Quand ça s'écroule, tout s'écroule. » C'est maintenant la deuxième cigarette qu'il roule sur le parking du Central. Clope est entré dans la police à 24 ans parce qu'il aimait le sport.

On l'a envoyé en région parisienne, comme tout le monde, et sa femme est restée dans le Nord. Il raconte être devenu invivable, « moins tolérant, moins joyeux, moins sociable ». Au supermarché, il regardait sans cesse derrière son épaule. « La police te change, c'est comme ça », lâche-t-il.

Une policière m'a un jour raconté ses « tours de sécurité » sur les ronds-points avant de rentrer chez elle, pour vérifier si personne ne la suit. Une autre m'a confié qu'elle « flippait » le soir, seule à la maison. Récemment, elle a vidé le contenu d'une bombe lacrymogène sur le visage de son voisin, qui s'était simplement trompé d'étage.

Clope, lui, s'est séparé de sa femme en 2014. « Ça fait sept ans que je galère sentimentalement. » Il dit avoir un immense respect pour les conjoints de policiers. Il faut veiller, dit-il, à ce que le métier ne pèse pas sur eux, « c'est ce que j'ai appris de mon divorce ». Il parle surtout de son fils de 10 ans, qui s'entend très bien avec son beau-père. « Quand je le vois épanoui, je me dis que c'est un petit miracle. Je sais pas si t'es croyant, mais, moi, je le suis... » Il rallume sa cigarette tordue, inhale la fumée. « Aujourd'hui, je vis pour lui. C'est pour ça que je dis que, derrière les gamins qui partent en sucette, il y a toujours des parents qui ont lâché. »

# Les geôles

C'est mon poste d'observation préféré au commissariat. Un bout de parking devant la porte vitrée qui mène aux cellules de garde à vue. Là, les policiers de Roubaix fument et papotent près d'un bidon rempli de sable et de mégots. Ils regardent un collègue de la brigade anticriminalité pousser un chariot de supermarché rempli des armes récupérées à l'armurerie. Lanceur de balles de défense (LBD), fusil à pompe, pistolet-mitrailleur, G36... « Pas de bazooka. C'est que la journée va être calme », rigole le geôlier, sorti souffler un peu. Il s'appelle René. Trois jours auparavant, alors qu'il quadrillait une zone commerciale à la recherche d'un voleur de carburant qui siphonne les camions, René, 55 ans, m'a dit : « Tout le monde déteste faire les geôles. Moi, quelque part, j'aime bien. »

Je le rejoins ce matin-là, un peu avant 5 heures, pour une vacation de huit heures derrière les grilles noires. Cela tombe bien, René doit justement former un jeune adjoint de sécurité. « Alors non, Florian. Lui, on va pas le déplacer à la 1. Y a déjà une femme mineure. On va pas mettre un homme en cellule avec une femme mineure. »

Florian a la vingtaine. Il n'a pas été reçu au concours de gardien de la paix l'hiver dernier. Il était admissible à l'écrit et avait réussi les épreuves de sport, mais à l'oral, « ça ne l'a pas fait ». Toute note inférieure à cinq est éliminatoire. Le jury lui avait demandé comment il réagirait s'il voyait sa mère lancer des pavés sur ses collègues. « Là, j'ai répondu : "Je l'interpelle." Je sais pas, c'était stressant. T'es tout seul, entouré de chefs et d'une psy qui te regarde tout le long, tu sais pas ce qu'elle pense... »

René nous a rassemblés à l'entrée, près des grilles. Il a le cou large, comme ses épaules, et de la gouaille. « Allez, hop, le jeune, le journaliste, c'est parti : cours de geôles. »

Le policier commence par vérifier chacun des casiers de fouilles et tourne les pages d'un grand registre. Coup d'œil à Florian. « Faut être hyper-rigoureux sur le bouquin. Si tu perds un détenu, t'es mort. » Il montre ensuite le tableau blanc sur lequel sont dessinées les cellules. Dans la 1, « Delattre, recel de vol ». Dans la 2, « Terki, recel de vol ». Dans la 3, « Kateb, exhibition sexuelle et violences conjugales, et Carlier, IPM (ivresse publique manifeste) ». René commente : « Oui, ça fait bizarre de les mettre ensemble, mais on n'a plus de cellule de dégrisement, alors c'est comme ça. » Il se tourne vers Florian. « Normalement, y a pas de repas prévus pour les IPM. Moi, j'en donne, ça me regarde. » La hiérarchie, dit-il, demande maintenant de tout compter, « même les cuillères ». L'armoire enfermant les plats cuisinés (pâtes aux champignons, riz méditerranéen, poulet basquaise, couscous…) doit rester fermée à clé. « Certains collègues se servaient, surtout en gâteaux », précise le geôlier. J'interroge René sur les couvertures de survie, dont la « surconsommation » inquiète la direction départementale. « Des fois, t'en peux plus d'un mec, alors tu lui en files une deuxième. Ça le calme, c'est tout. »

Illustration quelques semaines plus tôt. J'avais déjà passé deux heures en geôles avec Gauthier, un jeune policier de 26 ans au corps massif et au visage enfantin. Un médecin, visiblement peu habitué des lieux, avait refusé de prescrire de la prégabaline, un anxiolytique, à un gardé à vue. Il lui avait proposé du Doliprane et s'était fait un peu chahuter. Gauthier avait replacé l'homme dans la cellule 10.

« Geôlier de merde ! Connard ! lui avait crié le détenu en jetant son attelle.

– Grand, tu vas sortir aujourd'hui, ne t'en prends pas à moi ! » avait répondu Gauthier, en promettant qu'un policier allait récupérer ses médicaments à son domicile. Le médecin avait engueulé le geôlier : « Il prend dix fois la dose ! S'il meurt d'un arrêt cardiaque, ce sera votre faute ! » En sortant, le docteur s'était encore emporté : « Vingt ans de socialisme, et voilà le résultat, ils sont tous défoncés ! » Les policiers présents l'avaient à peine regardé.

Cellule 10, le gardé à vue s'était mis à pleurer. Il parlait de s'ouvrir les veines. Le visage de Gauthier avait changé. Et si l'homme avait récupéré un objet coupant laissé par le médecin ? Récemment, un gardé à vue avait volé une paire de ciseaux au CHU de Roubaix, cachée dans son plâtre.

Gauthier avait attendu une dizaine de minutes avant de s'approcher de la cellule. Les sanglots s'étaient tus. Le gardé à vue était allongé, enroulé dans sa couverture. « Alors, monsieur, comment va votre poignet ? » Les deux hommes avaient un peu discuté. Avant de refermer la cellule, Gauthier lui avait glissé une seconde couverture.

Il est 7 h 15 et Florian est épuisé. Le cours de geôles commence à être un peu long. René lui explique comment « éviter de se faire enfler par la PM », la police municipale, dont les agents ramènent souvent des personnes ivres. « Ils vont te dire : "On n'est pas habilités CNH." Si c'est ça, tu t'en fous, tu prends pas leur gars. Qu'ils se démerdent. » Le CNH (certificat de non-hospitalisation) est un document attestant que la personne a été présentée à l'hôpital, obligatoire avant tout placement en dégrisement. René lui enseigne aussi la procédure concernant le billet de garde à vue. En théorie, le geôlier doit toujours le demander avant d'enfermer quelqu'un. Le brigadier soupire. « Certains geôliers refusent le détenu sans billet, mais du coup les collègues attendent pendant des heures... »

Au commissariat, le travail est extrêmement divisé. Pour schématiser, il y a les agents de voie publique — PS (police secours), BST, GSP (groupe de sécurité de proximité), BAC... — qui interpellent pour différentes raisons. Les interpellés sont ensuite présentés au Quart, où des officiers de police judiciaire (OPJ) décident, ou non, de les placer en garde à vue. Quand le Quart est débordé, les agents attendent avec leurs détenus devant les grilles noires. Longtemps. Certains font alors pression sur le geôlier. « Allez, tu me le prends, sois sympa ! Le billet va arriver. » Le geôlier sait qu'il sera à leur place dans quelques jours — ce poste difficile est en effet occupé à tour de rôle par les police secours. (Dans certaines unités, les femmes ou les plus âgés en sont exemptés.) Le geôlier du jour est donc face à un dilemme. D'un côté, respecter la procédure. De l'autre, permettre aux collègues de retourner patrouiller.

Un policier m'a un jour fait lire un procès-verbal qu'il avait rédigé. Objet : rapport d'incident. Il était aux environs de 18 h 30. Le gardien de la paix Danel exerçait la fonction de geôlier. Comme les détenus étaient plus de dix, il était secondé par un adjoint de sécurité, l'ADS Renard, qui venait d'amener en geôles un Roubaisien de 26 ans « pour conduite sous l'emprise de stupéfiants ». En l'absence de billet de GAV, Danel lui avait demandé s'il était sûr et certain que le jeune avait bien été placé en garde à vue. Même question au policier qui l'avait interpellé. « Oui, oui, c'est bon, il est en GAV », avaient-ils répondu.

Le Roubaisien de 26 ans passera la nuit en geôle, en dehors de tout cadre légal. Renard et l'agent interpellateur s'étaient trompés. Le Quart ne l'avait pas placé. Après le traditionnel appel au parquet, il avait été décidé que les charges étaient insuffisantes pour lui valoir une nuit en geôles. Le jeune aurait dû être relâché. Danel écrit dans son P.V. : « Je m'engage à ce que ce genre d'incident ne se reproduise plus. Pour ce faire, dorénavant, je n'accepterai plus aucune entrée sans billet de garde à vue fourni préalablement. Ceci malgré les mécontentements et désagréments que cela ne manquera pas d'engendrer au service. » Quelques lignes plus haut, le policier faisait part de son impression que « personne ne se rend compte de la difficulté de la fonction de geôlier, qui s'exerce le plus souvent dans le bruit et les insultes, sans parler des odeurs pestilentielles, de l'insalubrité et du cortège d'insectes en tout genre ». Les mouches des geôles roubaisiennes sont connues, bien au-delà de la circonscription.

« René ! Tu m'ouvres ? » Une femme, postée devant les grilles de la geôle, interrompt la leçon de Florian. « J'arrive, Mémène ! »

C'est Annick, la femme de ménage. Elle fait tout de suite le tour des geôles, après avoir embrassé le brigadier. « Toutes pleines, comme hier », s'agace la sexagénaire aux cheveux raides. Impossible de faire le ménage en cellule en présence d'un gardé à vue. Aucune n'est libre, donc le geôlier ne fait pas de transferts. Rien n'est nettoyé.

Une jeune fille mineure vient de se réveiller dans la cellule 8. Le registre indique : *Papin, refus d'obtempérer, recel de vol.* Legging baissé, elle urine sur le sol. René gueule. Florian se plaint de « l'odeur de merde ». « C'est parce qu'ils bouchent les toilettes avec les couvertures », explique Annick. Il y a une vingtaine d'années, elle passait la serpillière dans « à peu près une cellule sur deux » chaque matin. Aujourd'hui, ce serait plutôt une sur cinq. Les geôles de Roubaix ont été intégralement refaites à l'automne 2021, mais elles ne sont pas plus fréquemment nettoyées.

« Et puis, quand il y a la gale, la tuberculose, on n'est pas toujours au courant ! Des fois, ras le bol !

– Mais oui, Mémène, t'as raison ! » lui répond René.

Le brigadier pose sa main gauche sur la hanche d'Annick, qu'il connaît depuis douze ans. D'un tour, il la fait valser. Quelques pas. Un, deux, trois...

« T'es bête, René. » Elle tourne la tête vers moi. « Même si des fois on a envie de braire ("pleurer" en chti), on rigole bien. » Un, deux, trois... Elle s'arrête, stupéfaite. « Mais... Qu'est-ce que tu fais là, toi ? » En cellule 7, Annick a reconnu son neveu.

Une heure plus tard, René ouvre la porte de la 8. La jeune Papin est libre. « La prochaine fois, tu éviteras de pisser par terre », lui recommande le geôlier. « Vraiment aucune classe », lâche avec dédain l'enquêtrice descendue lui expliquer les subtilités de sa convocation au parquet. « Comment tu veux de la classe dans un endroit comme ça ? » lui répond crânement l'adolescente, en signant le registre d'une croix.

Avant de remonter, l'enquêtrice engueule le geôlier, parce qu'il tape trop lentement à l'ordinateur : « Faut se réveiller, le collègue ! » Sa journée à elle a commencé à 9 heures. Celle de René, quatre heures plus tôt. L'enquêtrice téléphonera un peu plus tard pour un document oublié. « Les geôles, bonjour ? » l'accueillera René, de sa plus belle voix de speakerine. Nouvelle engueulade, sur haut-parleur. Le même dédain, dans la voix de l'enquêtrice, que lorsqu'elle s'adressait à la jeune Papin.

« En geôles, t'es au plus bas de l'échelle policière », m'a expliqué un jour Cyprien, un « police secours » pédagogue. Un guetteur l'avait hélé sur un point de deal : « Eh, le geôlier ! » « Dans l'ordre du respect, m'a-t-il décrit, on trouve d'abord la police municipale, tout en bas, ensuite, nous… » Puis des unités plus offensives comme la brigade spécialisée de terrain, le groupe de sécurité de proximité, les brigades anticriminalité. Un degré plus haut : les officiers de police judiciaire, et au sommet, les magistrats. « Le gamin qui n'est pas trop bête, il fera toujours le canard devant la magistrate. Ça l'aura pas empêché de nous insulter en geôle. On est vraiment les puent-la-pisse du commissariat. » D'ordinaire, les policiers réservent plutôt ce terme aux zadistes et militants de gauche.

# Les gamins

Nouveau jour, nouvelle audition. Le jeune homme aux tempes rasées vient d'avoir 18 ans. C'est la raison pour laquelle sa copine lui a laissé un message sur son répondeur, sans savoir qu'il était sur écoute.

« Bébé, t'en fais pas. Je vais juste dire que c'est moi. T'es bientôt majeur, alors on met tout sur mon dos. » « Que ressentez-vous quand vous entendez ce message, monsieur Péres ? » lui demande l'enquêteur au milieu de la confrontation. « C'est gentil de sa part. Mais si j'avais été l'auteur, j'aurais été honnête. Je l'aurais dit. »

L'avocate commise d'office lance un regard d'encouragement à son client, Anthony, avachi sur sa chaise. Ses mains ne sortiront pas des poches de son jogging blanc. L'année dernière, sa mère et son beau-père déclaraient dans un P.V. qu'Anthony était devenu ingérable. À la maison, disaient-ils, il conditionne de la drogue dans de petits sachets. Sa mère a cherché de l'aide partout. Elle a bénéficié d'une intervention éducative à domicile, une prestation de l'Aide sociale à l'enfance. Elle a déposé plusieurs plaintes et a aussi écrit au procureur : « La police ne fait rien, je suis à bout, j'ai vraiment besoin d'aide. »

L'enquêteur se tourne vers la jeune fille assise près d'Anthony. Elle se tient le plus droite possible sur sa chaise. « Alors, dites-moi, mademoiselle Riou, pourquoi vous accuser à sa place ? » Elle a le regard baissé, l'air mal à l'aise dans son jean blanc trop serré. « Parce que je suis encore mineure. Mais, en fait, on l'a fait tous les deux. »

Wendy Riou, 16 ans, a des cheveux blonds, des pommettes rouges et un nez un peu retroussé, qu'elle n'arrête pas de toucher. Peut-être a-t-elle pris froid cette nuit en geôle ? Ce matin, en cellule 1, elle était allongée sur un banc en béton emmitouflée dans sa couverture de survie. Sur le registre : *Wendy Riou, diffusion d'images à caractère pédopornographique.*

L'enquêteur du groupe d'appui judiciaire hebdomadaire (GAJ-H), Stéphane, un homme ventru habillé d'un tee-shirt d'*heroic fantasy*, m'a ainsi résumé l'affaire : le jeune couple a fait passer l'ex d'Anthony, qui est mineure, pour une prostituée, en diffusant une fausse annonce en ligne avec des photos d'elle nue. « Ouais... Ça fait deux jours qu'on est dans les images de gamine à poil », s'était plaint Stéphane. Le magistrat lui avait demandé d'organiser cette confrontation pour établir précisément qui avait fait quoi.

« Donc, Anthony, si je te suis, les photos sont sorties toutes seules de ton téléphone ?

– Je sais pas. C'est elle. » Il montre Wendy. « Elle a dû...

– Ton ex aurait donc envoyé des photos d'elle nue à ta copine ? Tu me prends vraiment pour un con ?

– Non, je...

– Est-ce que j'ai l'air d'un con, Anthony ? RÉPONDS-MOI ! J'AI L'AIR D'UN CON ? »

Ce n'est pas la première fois que j'entends un policier hausser le ton. Dans le bureau 156 des Stups, un enquêteur s'était mis à hurler sur Julien. Le jeune gérant du service de livraison de cocaïne, héroïne et cannabis venait d'apprendre que sa mère, Catherine, avait été placée en garde à vue. Il s'était énervé, le policier aussi : « Ferme ta bouche maintenant, je vais te prouver que tu dis de la merde. On a tout ! On n'a pas besoin de tes aveux. Putain, mais qu'est-ce que t'es con, C'EST FOU CE QUE T'ES CON ! » Un de ses collègues avait secoué la tête en passant dans le couloir. « Ça sert à rien de s'énerver. C'est toujours inutile. » L'enquêteur gueulard avait plus tard expliqué que c'était du théâtre. Une technique réservée aux « enfants rois » pour les empêcher de prendre le dessus. D'après ce que j'ai vu, les meilleurs interrogateurs ne crient pas.

Alors que l'enquêteur du GAJ-H hausse le ton, l'avocate d'Anthony se racle la gorge. Ça le calme immédiatement. « Hein, bon. C'est des mensonges, ce que tu racontes... », bredouille-t-il. Anthony sourit discrètement, tandis que Wendy baisse la tête au maximum. Elle, personne n'est là pour la défendre. Son avocat a dû partir en urgence au tribunal de grande instance de Lille avant la confrontation, alors on a fait sans.

L'enquêteur du GAJ-H m'a assuré que c'était OK, « puisqu'elle assume tout ». Un mineur devrait pourtant toujours être assisté d'un avocat ou d'un « adulte approprié », selon l'ordonnance de 1945 relative à l'enfance délinquante, dont les principes restent en vigueur. En l'occurrence, Stéphane a bien envoyé les gendarmes chez les parents de Wendy, mais ces derniers ne se sont pas déplacés. La jeune fille vit depuis longtemps en famille d'accueil. « Ses parents n'ont pas été déchus de l'autorité parentale. Ils se débrouillent pour garder le lien », explique Stéphane. « C'est pour les allocs », pense le policier. Il aurait pu contacter n'importe quel adulte en qui Wendy a confiance — c'est le sens du terme juridique « adulte approprié » — mais il ne l'a pas fait.

Avant la fin de la confrontation, la jeune fille se tourne vers son petit ami.

« Donc, quand on a fait l'annonce, tu n'étais pas avec moi dans l'escalier ? » Il secoue la tête. « OK, je vois... » Elle réprime un sanglot et dit au policier : « Je suis déçue de son comportement, je pensais qu'il était plus mature que ça... »

Sa moue est devenue indescriptible. Son petit monde s'effondre. Après l'audition, un jeune collègue de Stéphane, chargé de retranscrire les déclarations des deux jeunes, rigole, une bière à la main : « Ce n'était plus une confrontation à la fin, c'était une rupture. »

À Roubaix, en 2020, un quart des gardés à vue ont moins de 18 ans. À la tombée de la nuit, les rues ressemblent parfois à un roman de Dickens. On y rencontre ce jeune de 16 ans aux cheveux teints en blond, qui raconte à un policier qu'il a arrêté sa formation de carrossier et s'est fait virer du foyer de l'enfance « à cause des bagarres ». « D'accord, mais c'est de la drogue que tu viens de balancer dans le terrain derrière. Tu sais quoi, bonhomme ? Carrossier, c'est bien. Ici, ça va te mener à rien. »

Mais aussi cet autre jeune de 14 ans, habillé d'un maillot de la Juventus, qui s'est caché derrière un camion blanc à l'arrivée de la BAC. Un policier éclaire son visage à la lampe torche. « Ne me dis pas : "Je squatte toujours ici." Dis-moi plutôt : "Je suis dans le trafic de stups, je fais le chouf (le guetteur)." » Un guetteur gagnerait entre 50 et 70 euros par jour, selon le parquet. Bien plus selon certains policiers de terrain, dont les chiffres sont parfois faussés par les fanfaronnades des choufs qu'ils interpellent. Le gérant du point de vente, lui, peut gagner plusieurs milliers d'euros dans la journée.

Les fonctionnaires de police identifient très bien le fonctionnement d'un point de deal, toujours organisé selon une séparation précise des tâches et une exploitation des plus jeunes. « Tu vois le con là-bas, sur sa trottinette ? C'est Gros Adda », me montre un jour un « police secours » depuis la voiture. « C'est lui qui tient le point de deal, mais, comme il est majeur, il touche jamais au produit. Il fait bosser les petits. » Comme les jeunes risquent moins pénalement, ce n'est pas si grave qu'ils se fassent attraper avec de la drogue. « Tiens, t'es né en 2003. Tu sais ce que ça veut dire ? » demande un policier de la B2R, la brigade de reconquête républicaine (c'est le nom donné dans le Nord aux brigades pédestres mises en place pendant le premier quinquennat d'Emmanuel Macron), à un jeune dont il contrôle l'identité. « Ça veut dire que t'as bientôt 18 ans. Le panpan cucul, c'est bientôt fini. Prochaine fois que je t'attrape avec du produit, le petit monsieur va faire son premier stage en prison. » Des mineurs écopent tout de même parfois d'un contrôle judiciaire, c'est-à-dire de l'interdiction d'être présents à certaines heures dans certains quartiers. Mais ils peuvent aller guetter ou vendre sur d'autres points de deal. À Roubaix, j'ai croisé des guetteurs belges, un Parisien et deux Rennais, logés dans mon hôtel. Tous avaient moins de 18 ans.

Au parquet de Lille, tout le monde a conscience de cette exploitation des mineurs, et plus largement des plus pauvres et des plus vulnérables. Il n'y a qu'à voir le profil des « nourrices », ces personnes chez qui les trafiquants cachent des quantités plus ou moins importantes de drogue ou d'argent. Cette année, les policiers dénombrent un vieil homme atteint d'un cancer en phase terminale qui gardait des sacs d'herbe, un alcoolique rémunéré en bouteilles pour le même travail, un jeune d'une vingtaine d'années qui faisait travailler sa petite sœur de 15 ans... Elle confectionnait les bonbonnes (des morceaux de sacs en plastique de supermarché thermosoudés) de cocaïne. Cette drogue, plus chère que les autres, est souvent vendue au gramme, généralement autour de 60 euros. À Roubaix, elle est conditionnée en quart de gramme (10 euros), plus facile à écouler auprès des consommateurs locaux, souvent très pauvres.

Au parquet de Lille, on caresse l'idée de monter des dossiers pour « traite des êtres humains ». Ce serait, en théorie, un angle d'attaque possible du trafic de drogue. Mais cela reste complexe. Un peu comme dans les affaires de proxénétisme, les mineurs ne coopèrent pas, la plupart du temps. Certains sont accros aux stups. Et ce seraient des dossiers bien trop chronophages pour être menés à l'échelle d'un commissariat.

Sur le parking du Central, je croise un policier à l'air blasé. Il s'appelle Thierry. « Les deux choufs que je viens de ramener, là. Eh bien, l'OPJ m'a dit : "On cherche des foyers et on trouve pas." Donc je dois faire une fiche évènement et les mettre dehors. » Avec Thierry, nous regardons partir les deux guetteurs de 13 et 14 ans, seuls dans la rue. Une personne ayant autorité ou, à défaut, un représentant de l'Aide sociale à l'enfance aurait dû venir les chercher au commissariat. Les policiers du Quart ou le magistrat de permanence pouvaient également les adresser à une structure du département : la Direction des maisons de l'enfance et de la famille, dont la mission est d'accueillir des mineurs en urgence, 24 heures sur 24 et 7 jours sur 7. « Oui, mais tout ça, c'est la théorie, répond Thierry. Il n'y a jamais de place dans les foyers. »

# Le terroriste

Tous les matins, en arrivant au Central, je croise un jeune policier adjoint un peu dégingandé, blond, avec des lunettes rectangulaires sans monture. Avant même de le voir, je reconnais sa voix enjouée qui sort de l'interphone. « Bonjour, le journaliste ! » Hector, la vingtaine, a été affecté à l'un des postes les plus ingrats dans un commissariat : l'accueil du public. Je me souviens de sa patience avec cette femme désorientée et agitée, en attendant l'arrivée d'une enquêtrice des violences conj. « Le petit, il est gentil », l'avait-elle complimenté. Malgré son air juvénile, Hector rassure. Il est payé 1 304 euros net par mois. Son contrat de trois ans est renouvelable une fois. À l'issue de cette période, 80,2 % des policiers adjoints entrent en école de police[1].

Chaque jour à heure fixe, Hector sort devant l'entrée du Central pour vérifier la carte d'identité d'un homme aux cheveux hirsutes, la trentaine. Il a

1 Chiffres de 2018, Direction générale de la police nationale.

toujours une veste en cuir, un jogging et une moustache trop fine qui descend de part et d'autre de sa bouche. Il n'entre jamais dans le commissariat. « En fait, si. Au début, il entrait dans le hall, corrige le commissaire divisionnaire. Mais j'ai demandé que le pointage se fasse désormais dehors. Question de sécurité. » Une agente administrative a été égorgée en avril 2021 dans l'entrée d'un commissariat, rappelle l'officier. C'était à Rambouillet.

L'homme aux cheveux hirsutes s'appelle Samy Devin, 26 ans. Comme de nombreux individus condamnés pour terrorisme dans les années 2014-2015, il a purgé sa peine : six ans de prison pour plusieurs projets d'attentats. L'un d'eux, attaquer « des commissariats à l'arme lourde ». Ironiquement, à sa sortie de détention, le ministère de l'Intérieur a jugé plus sûr de lui demander de pointer chaque jour à la porte de son ancienne cible, le Central de Roubaix. Samy Devin avait prêté allégeance à l'État islamique. À la maison d'arrêt, il s'était montré violent envers plusieurs surveillants, mais Hector se veut rassurant. Avec lui, cela s'est toujours bien passé.

Au 4 juin 2021, 377 personnes étaient, comme Samy Devin, concernées par une mesure individuelle de contrôle administratif et de surveillance (MICAS), selon un rapport sénatorial. Parmi ces mesures, 59 % avaient été prises à l'encontre de sortants de prison. Cette possibilité de surveillance est limitée à douze mois. Elle implique le pointage quotidien, une interdiction de quitter la commune sans autorisation écrite, une déclaration de changement de domicile dans les vingt-quatre heures et une interdiction d'entrer en relation avec certaines personnes. « Au tout début de la mise en place du dispositif, on a eu un Micas qui n'est pas venu pointer, raconte le commissaire adjoint de Roubaix. On a envoyé la BAC casser sa porte. » Le dispositif était encore en rodage. Aujourd'hui, c'est le Raid qui serait envoyé.

Après la parution dans *La Croix L'Hebdo* de la première version de cette immersion, un lecteur m'a interpellé par courriel. Il venait de visionner l'émission *Zone Interdite* sur M6 consacrée à l'islam radical, notamment à Roubaix, et s'indignait que je consacre si peu de place à ce sujet. « Pourquoi refusez-vous de parler de la réalité ? » m'accusait-il. Je me suis borné, dans ce travail, à parler de ce qui relève de la compétence des policiers de Roubaix : le contrôle des Micas et des fichés S. La radicalisation concerne les services de renseignements, auxquels je n'ai pas eu accès. Quant aux isoloirs montrés par M6 dans un restaurant de Roubaix, qui permettent aux femmes voilées de déjeuner entre elles, tête nues, sur des tables entourées de paravents, on peut effectivement les trouver choquants. Cependant, aucune loi ne les interdit. À ce titre, ils ne sont tout simplement pas du ressort de la police.

# L'émeute

Le geôlier s'excuse en ouvrant les grilles, comme s'il n'avait pas eu le temps de ranger sa chambre. « C'est le bordel, désolé. »

Xavier montre les cellules pleines, comme c'est toujours le cas après de petites émeutes. Aujourd'hui, ils sont plus de 20 gardés à vue. Ordre a été donné aux équipages d'acheminer les prochains détenus vers Tourcoing et Lille. Cellule 5, un homme d'une trentaine d'années s'adresse au geôlier. Volume maximum : « T'es un fils de pute ! Sale connard, je le gagne en une journée, ton salaire de misère ! »

Xavier est rasé de près, un peu trapu. La quarantaine. Je l'ai d'abord confondu avec l'un de ses collègues d'une autre unité, Joseph. Ce dernier avait complètement craqué en geôle deux semaines plus tôt.

Il avait refusé d'accompagner une femme aux toilettes. Chaque cellule en est équipée, disait-il. « Elles sont infectes », criait la détenue — il s'agissait de Catherine, la mère de Julien, le trafiquant de cocaïne —, épuisée par les premières heures de sa garde à vue, qui peut durer jusqu'à quatre-vingt-seize heures dans une affaire de stups. Catherine avait insisté auprès du geôlier, borné. Quelques mots avaient dépassé sa pensée, et c'est là que Joseph l'avait traitée de « salope ». Julien, quelques cellules plus loin, avait pris vertement la défense de sa mère. « Fils de pute », « gros sac », avait violemment répondu le geôlier. Catherine est obèse (130 kg). De colère, elle s'était jetée sur la porte de sa cellule, qui s'était dégondée. « Le geôlier a voulu taser madame et son fils, je n'ai jamais vu ça », raconte un enquêteur des Stups à un collègue, en remontant dans les bureaux. « J'ai rendu compte. On va le changer. »

Xavier, le geôlier du jour, ne ressemble finalement pas tant que ça à son collègue. Stoïque, il ne répond d'ailleurs pas à l'homme qui l'insulte au milieu de vingt autres détenus turbulents. « Ça fait vingt minutes qu'il est comme ça. » Haussement d'épaules. « Il veut me pousser à argumenter, à lui dire : "Toi, t'es dedans et moi, je suis dehors." » Puis, pensif : « C'est étrange. Y en a, tout ce qu'ils veulent, c'est que tu les agresses. »

La veille, la BAC a tenté d'interpeller un jeune transportant des bonbonnes d'héroïne et de cocaïne. Ses copains sont parvenus à le libérer. Dans la mêlée, un policier a reçu trois coups de pied au visage. Il a été transporté aux urgences en compagnie d'un riverain touché par un tir de lanceur de balles de défense. « Tous les équipages disponibles se sont ensuite déplacés sur les lieux et ont procédé à plusieurs interpellations », précise un gradé au ton toujours très formel.

Les jours qui suivirent furent « émaillés d'affrontements sporadiques », toujours selon le gradé. Ce n'est pas la première fois que j'assiste à de petites violences urbaines (VU) à Roubaix.

Les premières avaient été un feu de paille. Des jeunes avaient pris la poudre d'escampette après avoir détruit un abribus et une caméra de sécurité dans une commune limitrophe de Roubaix. Quentin, le commissaire adjoint, avait craint un « début de VU » et s'était déplacé. Il avait demandé une compagnie de CRS en renfort.

Sur place, l'esplanade était vide. Des agents municipaux ramassaient le verre sur la chaussée. Le chef de la police municipale locale était le seul à s'agiter. « Il veut faire venir les chiens, il a l'air plus à fond que ses troupes... », se moquait un policier.

Selon plusieurs sources, les adolescents auteurs des dégradations s'étaient rendus à la mairie, dans l'après-midi, pour exiger la construction d'un petit terrain de foot promis durant la campagne des municipales en 2020. Sur l'esplanade, un groupe de 12-15 ans (rien à voir avec les casseurs, selon les riverains) s'était approché des policiers à leur arrivée, pour les braver. Un agent les avait tout de suite recadrés, sans vulgarité. « Tu vois, c'est comme ça qu'il faut leur parler : ferme mais correct », expliquait-il. Ce policier était l'un des quelques partisans du vouvoiement que je croiserais au commissariat de Roubaix. Les jeunes s'étaient éloignés. Les mains dans les poches, un autre fonctionnaire semblait s'ennuyer. « Bon, c'est pas ce soir que ça va partir... »

Les policiers entretiennent un rapport étrange à l'émeute. Ils craignent les blessures causées par les mortiers d'artifice, ces engins pyrotechniques détournés de leur usage initial, le feu d'artifice professionnel, et tirés à l'horizontale. Je me souviens d'un tir au mortier qui a atterri à trois mètres de l'unité que je suivais, dans un arbre qui a pris feu. Le bruit à l'impact est tellement puissant qu'il cause des acouphènes. Mais, paradoxalement, l'appréhension des policiers est parfois mêlée d'une certaine excitation.

« Tiens, regarde ça. » Nous sommes au mois d'avril 2021. Un policier de Roubaix me montre une vidéo sur son téléphone portable. C'est une petite émeute en Seine-Saint-Denis, à une date non identifiée. « J'y étais. T'as vu ça (un tir au mortier) ? J'en ai des frissons. Quand on part sur des VU, tu sais, c'est un peu comme un pompier qui va au feu. » Le fonctionnaire évoque, avec gourmandise, une sorte de « fièvre ». La vidéo continue. « Oh là là, les collègues, ils en avaient envoyé du collectif ! » Comprendre : des grenades lacrymogènes et de désencerclement.

Le matin de cette scène, les chefs évoquaient, en réunion, les violences urbaines qui persistaient dans la circonscription. Elles faisaient suite à l'interpellation d'un jeune en motocross qui faisait du « rodéo » (des acrobaties) dans la ville voisine de Tourcoing. « Soixante-dix grenades (lacrymogènes et de désencerclement) tirées à Tourcoing et Lille cette nuit, rapportait d'un ton plat le commissaire divisionnaire. Ce soir, je veux toutes les unités équipées en maintien de l'ordre. » La dernière nuit avait été paisible, ce qui étonnait les gradés. Sur le réseau social Snapchat, les villes voisines rivalisaient de vidéos d'affrontements. Comment expliquer un tel calme à Roubaix ? « Franchement je suis inquiet, blaguait un policier. D'ordinaire, les nôtres, c'est pas les derniers. Y en a qu'ont peut-être pris froid. » La réponse viendrait plus tard dans la journée : la brigade anticriminalité apprendrait que des Roubaisiens avaient fait l'aller-retour en République tchèque, d'où ils avaient rapporté des kilos de mortier d'artifice pour les revendre aux émeutiers tourquennois et lillois. « Quand le Nord s'embrase, le Roubaisien se diversifie », s'amuse un fonctionnaire en chargeant tout de même son casque lourd dans le coffre de la voiture, « au cas où ». Depuis 2017, la vente de gros mortiers — au-delà de 30 mm de diamètre — est réservée aux professionnels. Les contrevenants risquent 1 500 euros d'amende.

Dans les geôles, Xavier hausse à nouveau les épaules. Le grand homme d'une trentaine d'années qui l'insultait est maintenant allongé sur le sol. Il crie à travers la petite trappe située en bas de la porte, celle qui permet au geôlier de passer les repas. Le policier, indifférent aux injures, explique que l'auteur des violences sur son collègue de la brigade anticriminalité a été identifié. Il s'agirait de Souleymane Lamri, qui n'a pas été interpellé, à la différence de plusieurs membres de sa famille qui viennent d'être placés en geôles. Cellule 4 : « Mohamed Lamri et Amir Lamri, violences contre les PDAP (personnes dépositaires de l'autorité publique) ». Dans la 5, « Kenzo Lamri, Bilal Lamri et Anis Lamri ».

Au milieu de tous les Lamri, je croise un visage connu : Saïd Charfi, l'homme qui harcelait son ex-femme et avait tenté de s'évader, est de retour.

Il vient d'être transféré depuis la maison d'arrêt pour être entendu par la brigade de répression des atteintes aux personnes (BRAP). C'est cette unité qui conduit l'enquête sur sa tentative d'évasion et les violences sur Yassine.

# Les violences policières 2

Les policiers sont venus chercher Saïd Charfi à la maison d'arrêt d'Annœullin. Le transfert assuré par le groupe de sécurité de proximité départemental (GSPD) a été finalement doublé d'une « suiveuse », un autre véhicule, « pour ne prendre aucun risque », explique un gradé.

Sur le boulevard, à la sortie du commissariat, « GSPD 120 Alpha » et « BRAP 120 » s'annoncent sur les ondes avant de prendre la route vers Annœullin. « OK, bonne vacation », leur répond l'opérateur radio. Sur le trajet — trente minutes aller le long d'une interminable ligne à haute tension —, les fonctionnaires discutent des transferts, nombreux, que l'administration pénitentiaire n'assure pas, faute de personnel formé et armé. « Quand un détenu a rendez-vous à l'hôpital pour une opération, c'est pour nous, précise un policier du GSPD. Et il faut l'attendre... »

En l'écoutant, je repense à cette discussion avec le commissaire divisionnaire, lors de notre dernier déjeuner à Tourcoing. Si les policiers ne sont pas là pour faire baisser la délinquance, c'est d'abord parce que c'est impossible, matériellement et humainement. Même en augmentant les effectifs de voie publique. Davantage de « bleu » dans la rue, c'est davantage de procédures pour des officiers de police judiciaire déjà en sous-nombre. C'est davantage de gardés à vue dans des geôles déjà pleines. C'est davantage de dossiers à traiter pour des magistrats débordés. C'est aussi davantage de détenus dans des prisons surpeuplées[1] et, au bout du compte, davantage de transferts à assurer pour les policiers. Intenable.

Avant de prendre la route pour Annœullin, Victor, un enquêteur de la BRAP, avait contacté l'administration pénitentiaire pour savoir si lui et ses collègues devaient porter une combinaison intégrale. « Ils m'ont dit qu'ils n'avaient jamais entendu parler de tuberculose. » Les policiers ont donc fait sans. Le détenu s'était pourtant déclaré malade lors de son interpellation en janvier.

De retour à Roubaix, Victor demande à Saïd de signer son billet de garde à vue. L'enquêteur a une barbe de trois jours et la voix posée. Le détenu lui répond poliment, assis sur le banc de la cellule 6. Son corps maigre est enveloppé dans une grosse doudoune bleue à bandes rouges. « Non, je préfère attendre que mon avocat soit là. La dernière fois que j'ai signé, c'est parti en sucette. »

---

1 En dix ans, le taux d'incarcération en France est passé de 103,5 personnes détenues pour 100 000 habitants en 2010 à 105,3 en 2020, alors qu'il a, par exemple, baissé en Allemagne et en Italie, selon un rapport du Conseil de l'Europe paru en avril 2021.

À l'étage, un peu plus tard, Victor ne le démenotte pas. C'est le début de sa première audition dans l'affaire d'évasion. Saïd est attaché à un anneau fixé au mur. Il jette un regard affligé à son avocat : « Regardez, ils me serrent toujours les menottes... » Victor ne relève pas. Après un bref rappel de sa situation personnelle (vie de couple, antécédents...), l'enquêteur demande à Saïd de raconter ce qu'il s'est passé, fin janvier, après son interpellation par le Raid.

« Je me suis fait beaucoup boxer... », commence-t-il. Cinq ou six fonctionnaires l'auraient enfermé dans un bureau du commissariat et lui auraient mis « des patates dans le nez ».

« Ils m'ont dit : "C'est pas toi qui vas faire la loi. Tes frères, ici, ils pourront rien pour toi." » Le débit de sa voix est très rapide. « Quand ils m'ont redescendu en geôle, ils ont aussi dit qu'ils allaient bien s'occuper de moi. Derrière, ç'a été fait.

– Attendez, attendez... » L'enquêteur termine de retranscrire, puis reprend : « Comment s'est passé le transfert au CHU ? »

Le récit des violences continue. De nouveau des coups de poing reçus au visage « dès l'entrée dans la voiture ». Un homme « camouflé en blanc » qui lui dit : « Je vais t'en mettre plein la tête. » Des coups, des coups et encore des coups. « C'était un gaucher, il m'a mis que des gauches au visage », affirme Saïd en se tournant vers son avocat. Son conseil l'engage à poursuivre. Après avoir quitté le véhicule, alors qu'il courait rue Leverrier, Saïd dit avoir entendu une détonation et s'être jeté au sol. Au mur, dans le bureau, un poster détaille l'article 435-1 du code de la sécurité intérieure, qui explique dans quelles circonstances les forces de l'ordre peuvent faire usage de leur arme : « En cas d'absolue nécessité... »

Saïd raconte que les policiers l'auraient rattrapé, et encore frappé. En fin d'audition, Victor lui demande s'il avait enlevé ses menottes. Non, dit Saïd, qui répète n'avoir cherché qu'à se protéger. L'enquêteur veut aussi savoir s'il avait prémédité son évasion. Comme face à Marion, l'enquêtrice des violences conj, le gardé à vue fulmine d'abord, avant d'exploser : « J'AVAIS LES DENTS CASSÉES ! Le visage tuméfié ! Pour une fois dans ma vie, je vous mens pas. » Il s'adresse à son avocat et à moi : « Entre collègues, ils se défendent. C'est une grande famille, un commissariat... »

Les ripoux

« Info RTL. Une femme de 35 ans accuse un fonctionnaire de police affecté au commissariat de Roubaix de viol. »

Au Central, c'est la stupéfaction. « Il est syndicaliste, donc en théorie son travail, c'est de nous protéger, et en fait, là, il nous plombe », se désole une enquêtrice des violences conj bien renseignée. « Il est présumé innocent », rappelle la fonctionnaire (la plainte sera classée sans suite le 9 décembre 2021). « Mais tu te rends compte ? Il drague des plaignantes... » Le syndicaliste s'était rendu au domicile d'une femme rencontrée au commissariat. Elle était venue porter plainte pour un conflit de voisinage. Ils avaient eu des relations sexuelles, consenties selon lui. « Y a plein de femmes victimes de violences qui n'ont pas confiance dans la police. Après ça, tu crois qu'elles vont venir nous voir ? Ce genre de collègues, faut les dégager. »

Quelques mois plus tard, lors d'une audition, un « tonton » (un informateur), 49 ans, le visage abîmé par l'alcool, demande des informations sur « les policiers qui ont fouillé dans les scellés pour les vendre ».

« À Marseille ? lui demande l'enquêteur des Stups.

– Non, non, ici. Dans le Nord.

– Ah... Oui... Eh bien, ils n'ont rien à faire chez nous. »

De quelle affaire parlait l'indic ? Peut-être de ces cinq policiers du Quart de Roubaix interpellés au Central, un matin d'avril 2021, et menottés devant leurs collègues. Poursuivis pour tentative d'escroquerie, faux, usage de faux et détournement de scellés, deux d'entre eux ont été placés sous contrôle judiciaire. L'un, le chef du Quart, ramenait chez lui des scellés contenant de la drogue et de l'argent. L'autre, une jeune policière de 28 ans, avait sollicité son aide après un accident. Un faux P.V. avait été rédigé. Escroquerie à l'assurance. « Je peux juste vous dire qu'il n'y a pas que ça. On se laisse du temps », glisse une source au parquet de Lille. Leur procès en correctionnelle, qui devait se tenir en août 2021, a été reporté à l'été 2022. Après trois semaines de délibérés, les deux ex-policiers ont été condamnés à 15 (pour le chef) et 12 mois de prison avec sursis. Ils ont l'interdiction définitive d'exercer dans la police.

« Je suis dégoûté, vraiment dégoûté », me confiait un officier de police judiciaire, deux heures après leur interpellation. « Là, sérieusement, j'ai envie de tout laisser tomber... » Au Central, que j'avais rejoint le plus vite possible après avoir appris l'affaire, l'ambiance était lourde. Je revois ce policier de la brigade anticriminalité fixer le sol du parking, mains dans les poches. « C'est triste. Avec ça, les crapauds, qu'est-ce qu'ils vont nous mettre... »

Mais le « tonton » des Stups évoquait peut-être une autre affaire. Celle de Stéphane, cet enquêteur toujours habillé d'un tee-shirt d'*heroic fantasy* et qui avait mené la confrontation entre Anthony et Wendy, les deux mineurs accusés de diffusion d'images pédopornographiques. Le jour de l'audition, il montre un bureau encombré de 33 cartons remplis de contrefaçons. Des parfums. « On a interpellé des jeunes qui vidaient un local commercial un dimanche ! Ils pensaient que ce serait plus discret, rigole l'officier de police judiciaire. Des fois, s'ils étaient pas cons, on les attraperait jamais. » Quelques jours plus tard, Stéphane est suspendu et placé en garde à vue à Lille. « On l'accuse d'avoir volé des parfums, deux ou trois flacons, lâche un gradé, consterné. Avec ce genre d'histoire, on passe pour quoi auprès du parquet ? »

Le détournement de scellés est un sujet sensible. Un jour, j'ai croisé Quentin, le commissaire adjoint, de retour au Central en pleine nuit pour veiller sur de gros sacs cachetés. La saisie du jour avait été importante : 25 kg de résine de cannabis (les policiers de Roubaix trouvent en moyenne entre 60 et

70 kg de stupéfiants par an) et 17 500 euros. Étant donné les vols récents, l'adjoint avait jugé plus sûr d'étendre son sac de couchage sur le canapé dans son bureau, où il avait fait entreposer la drogue et l'argent empaquetés dans du papier kraft. Tout devait être emporté au petit matin par la police judiciaire de Lille, qui reprenait l'affaire. « On en est là... Le taulier vient dormir avec le stup... », se désole un officier de police judiciaire.

Au fil de l'année, je mesure mieux la difficulté de commander un commissariat. Comment diriger lorsqu'on est au courant, depuis près d'un an, que le service départemental de déontologie, discipline, application et méthode enquête sur le Quart pour des « faits graves » ? Comment ensuite tout réorganiser au pied levé après l'interpellation de la moitié du service ? Il faut aussi apprendre à rester de marbre, après avoir été prévenu par les Renseignements territoriaux de la « possible radicalisation » d'un de ses policiers, qu'il ne faut surtout pas alerter. À arbitrer : est-ce qu'il ne vaudrait pas mieux retirer de la voie publique ce « police secours » — un vrai danger rien qu'au volant, selon ses collègues — à qui on vient de mettre un blâme ? Il effectuait des contrôles dans la rue, sur son temps libre et avec un ami pompier. En patrouille, il arbore souvent un logo de justicier sur son gilet pare-balles. Il fait aussi le récit, sur Twitter, des interventions dont il est le héros. « Tu sens que la voie publique, c'est toute sa vie, commente un gradé. C'est pas facile de lui dire : "Maintenant, tu vas travailler dans un bureau." Mais bon... Il ramène de plus en plus d'"outrages et rébellions"... »

Ce policier est à ma connaissance le seul que j'ai mal anonymisé dans la première version de ce travail paru dans *La Croix L'Hebdo*. Reconnu sur Twitter, il a subi une avalanche de réactions l'amenant à fermer temporairement son compte. Nous nous sommes appelés une semaine après la publication de l'article. « La patrouille avec un proche, c'est du passé, explique-t-il. J'ai fauté, je le reconnais totalement. C'était un moment où je n'étais pas bien au niveau personnel, et puis j'étais jeune. Ça m'a servi de leçon. Par contre, ce que te dit le gradé, ça montre comment fonctionne la Maison : on ne t'explique rien directement, on te prend jamais entre quatre yeux, et je découvre dans la presse ce qu'on me reproche. » Les jeunes policiers ont besoin d'un encadrement sur le terrain, insiste-t-il, or c'est justement ce qui manque. À Roubaix, lors de cette année d'enquête, il n'y avait en effet que 7 commandants pour 431 fonctionnaires... Et ces derniers restaient constamment dans l'enceinte du commissariat, à gérer des questions de ressources humaines. Difficile dans ces conditions d'avoir une vision claire de ses troupes, et de corriger les mauvais comportements... « D'ailleurs, concernant les "outrages et rebellions", ajoute le policier reconnu sur Twitter. Je réfute totalement ce que dit le gradé. J'en ramène presque jamais. »

Les rares policiers qui interpellent souvent pour outrages et rébellions ont mauvaise réputation au commissariat. On les soupçonne d'envenimer les situations ou de chercher à camoufler des violences. Je me souviens de la joie d'un gradé de Roubaix après la mutation d'un fonctionnaire aux épaules carrées. « Lui, c'était un nid à ennuis », avait-il dit poliment. Je l'avais vu un jour jeter brutalement un adolescent à l'arrière d'une voiture, comme si c'était un sac de vêtements, après une course-poursuite de plusieurs minutes et une absence manifestement frustrante de saisie de stupéfiants. « Tiens, ça t'apprendra à me faire courir... » Sur les points de deal, les jeunes détalent presque toujours à plusieurs quand un policier « part à la courette ». Ils deviennent ainsi des leurres, pour donner une chance à celui qui a la drogue sur lui de s'échapper.

En l'occurrence, le fonctionnaire aux épaules carrées avait parié sur le mauvais cheval, comme le fera remarquer un collègue. Il savait que les officiers de police judiciaire du Quart n'allaient rien retenir contre son interpellé aux poches vides : s'enfuir à la vue de la police n'est pas un motif légitime de contrôle... Le policier avait donc décidé de lui mettre la pression. « Elle est où, la came ? Réponds ! ALLEZ, RÉPONDS-MOI ! Elle est où, la nourrice (la cache de drogue) ? Je ne te relâche pas tant que tu me réponds pas... »

À Roubaix, des affaires de coups (coups de tête ou coups de poing dans le ventre) remontent régulièrement jusqu'au parquet de Lille. « Souvent, c'est l'officier de police judiciaire du Quart qui nous en parle, explique un magistrat. Il nous dit : "Écoutez, j'ai lu le P.V. et ça ne colle pas... Le mec a la tête comme une Cocotte-Minute." »

Les OPJ ont des comptes à rendre au parquet. C'est la procureure qui les habilite, et qui les note chaque année. Mais les policiers peuvent aussi se tourner vers leurs chefs, qui disposent d'un arsenal de sanctions administratives. De son propre aveu, la hiérarchie punit trop, et surtout à mauvais escient.

Ce soir-là, un policier de Roubaix rentre de vacation avec un pochon d'herbe qu'il vient de saisir. Il a la flemme de rédiger son P.V. Le lendemain, même flemme. Le pochon reste sur la table de la salle de pause de son unité, puis disparaît. Le policier en parle à son chef, major, qui en parle à son chef, commandant, qui en parle à son chef, commissaire, qui propose une sanction à la direction départementale, qui tranche — en l'occurrence, plus sévèrement que la proposition des commissaires. « Franchement, je comprends même pas qu'on fasse remonter un truc comme ça, s'étonne encore un gradé. Mais bon, quand on est au courant, on est obligé de sanctionner. » Le pochon avait été embarqué par un collègue, qui dit l'avoir détruit dans ses toilettes. Lui aussi a été sanctionné.

En 2018, au niveau national, 1 170 fonctionnaires de police ont été sanctionnés pour « négligences »[1]. Cela représente 58 % des 2 030 sanctions infligées à des policiers. La même année, seuls 35 agents ont été punis pour usage disproportionné de la force. « Le problème, c'est que certains manquements n'existent que si l'infraction pénale est caractérisée », explique un gradé. Difficile en effet de justifier des sanctions de groupe 3 (rétrogradation, exclusion temporaire) ou 4 (retraite d'office, révocation)

1 Les chiffres des sanctions sont tirés du bilan social 2018 de la police Nationale.

si le parquet n'engage pas de poursuites. Mais les enquêtes sont longues… « Parfois, reprend le gradé, les magistrats nous appellent et nous disent : "Bon, je ne poursuis pas pour cette fois, mais mettez un coup d'arrêt." »

# La confrontation

« Regardez à la télé ! Des policiers qui déconnent, il y en a partout ! »

Saïd a mis du temps à se calmer à la fin de son audition dans l'affaire d'évasion. Il a répété que le policier qui l'a rattrapé dans sa fuite avait sorti son arme bien avant d'arriver à son contact, rue Leverrier. Son avocat s'est ensuite étonné que la scène n'ait pas été filmée alors qu'elle s'est passée aux abords du commissariat. Et son client a été ramené en geôles, où on lui a servi un déjeuner. Le repas avalé, Victor est revenu le chercher pour l'entendre une seconde fois. Au même étage, mais dans un autre bureau.

« Ça ne vous dérange pas qu'on fasse ça alors qu'il est entravé ? demande l'avocat.

– Ah non, pas du tout, répond l'enquêteur.

– Est-ce que vous pouvez le mentionner ? Et aussi écrire qu'il y a cinq fonctionnaires dans la pièce ?

– Tout à fait, maître. »

Victor rédige le début du second P.V. Son chef lui a demandé de ne pas traîner après la première audition de Saïd Charfi. Les geôles sont toujours remplies de la famille Lamri et des affrontements sont encore à craindre dans le quartier de la Petite-Italie. Pour désencombrer les cellules, le major espère déférer le gardé à vue au palais de justice en début d'après-midi. « Je connais les magistrats, grommelle-t-il. Si on les appelle après 15 heures, ils vont nous dire : "Gardez-le cette nuit." »

Saïd Charfi a accepté d'être confronté à Yassine, le policier de la BST qui l'a rattrapé dans sa fuite. Ce dernier est maintenant assis à la gauche de Victor, derrière un bureau perpendiculaire au sien, accompagné d'un collègue de son unité. Victor est secondé par un élève officier debout derrière lui. Un policier adjoint a été placé dans l'embrasure de la porte. « Je vais vous lire vos déclarations respectives pour voir si vous les maintenez... »

Victor commence par la déposition de Yassine. Face à l'enquêteur, assis à côté de son avocat, Saïd a le regard dans le vide. Il écoute la version du policier : la voiture le ramenant de l'hôpital s'arrête devant le portail du Central. L'ouverture automatique de celui-ci est encore cassée. Yassine est dans l'habitacle, selon ses déclarations, lorsque la portière arrière s'ouvre. Le gardé à vue s'enfuit. Le policier se lance à sa poursuite et traverse la rue Pierre-de-Roubaix, la main sur le holster. L'arme, précise-t-il, est encore dans l'étui quand il rattrape Saïd, rue Leverrier. Il y a lutte. Échange de coups. Une détonation. « Je me suis immédiatement dit que je prenais une balle », témoigne Yassine dans sa déposition. Il ne sait pas dire qui a tiré, seulement que le détenu, démenotté, avait les mains sur son Sig

Sauer. D'autres policiers arrivent. Yassine s'éloigne un peu, « pour souffler », étonné que son arme soit encore rangée. « Le coup n'aurait pas dû partir dans le holster. »

Victor tourne encore une page de l'épais dossier. Dans sa déposition, Yassine ajoute qu'il n'est pas blessé à l'issue de la tentative d'évasion, « mais sous le choc ». C'est un homme de taille moyenne, sec mais costaud, les cheveux bruns et épais. Ses poils de barbe encore clairsemés lui donnent un visage aux traits presque enfantins. Le policier de la BST est père de famille et vient d'avoir 30 ans. Jusqu'à aujourd'hui, je l'avais toujours vu avec un sourire bienveillant.

L'enquêteur lit maintenant l'audition de Saïd : le réveil brutal, l'interpellation par le Raid, le tabassage à l'arrivée au commissariat... Avant la confrontation, Victor est descendu retrouver Marion, l'enquêtrice des violences conjugales. Il souhaitait récupérer les certificats des médecins qui ont examiné Saïd, fin janvier, pendant sa garde à vue. « Pas d'observation de coups au niveau du nez », a relevé Victor, en me montrant le document. « Pour moi, il nie l'évidence. Il a fait une grosse bêtise et il accuse les policiers. » Je n'étais pas dans la voiture qui l'a ramené de l'hôpital, mais j'ai suivi toutes ses premières auditions le jour de son interpellation. Personne n'a frappé Saïd au commissariat. En remontant les escaliers, l'enquêteur ajoutait d'un ton neutre : « Les violences policières, ça arrive. On en traite. Mais là, c'est incohérent. »

Dans le bureau, Yassine respire fort. Ses tennis battent la mesure à un rythme excessif. « Tu vois, c'est chiant, récriminait-il avant la confrontation. Tu fais bien ton travail et tu te retrouves là. Ta parole est mise en doute. » Pour les agents de voie publique qui ne montent presque jamais dans les bureaux de leurs collègues, le judiciaire est souvent un autre monde.

Le récit de Saïd en arrive au moment où « un homme camouflé en blanc » le frappe à plusieurs reprises au visage. « C'était un gaucher », lit Victor. Yassine attrape un stylo de sa main droite et griffonne sur une feuille. Un léger sourire atténue la tension qui fige son visage. Sur sa chaise, Saïd grimace. Ses menottes le gênent. Il interrompt Victor, en désignant le policier de la BST du menton. « C'est lui qui était en combinaison blanche dans la voiture ! » Yassine le coupe, irrité. Il ne s'adresse qu'à Victor : « Par contre, s'il pouvait éviter de commenter...

– Tu as fait des choses que tu assumes pas ! » tonne Saïd, tourné vers lui.

Un geste discret de son avocat l'aide à retrouver son calme. « Tu vois le baveux, c'est pas un commis d'office. Ça se voit aux chaussures », m'avait dit un policier, un peu plus tôt. À la fin de la confrontation, le défenseur aux élégants mocassins demande à prendre la parole. Ses questions sont pour Yassine.

« Monsieur Bouzid, avez-vous reçu des consignes particulières avant le transfert ?

– On m'a dit qu'il avait la tuberculose, répond le policier. Nous n'avons trouvé qu'une seule blouse blanche. Que j'ai mise.

– Avez-vous été avisé qu'il était parvenu à se démenotter auparavant ?

– Non.

– Et vous trouvez cela normal qu'on ne vous le dise pas ?

– Je... »

L'avocat insiste : « La précaution n'aurait-elle pas commandé de fermer les portes arrière du véhicule ? Et votre arme n'est-elle pas dotée d'une sécurité ? »

L'élève officier qui se tient debout derrière Victor prend la parole. Les portières arrière, explique-t-il, ne sont jamais verrouillées pendant les transferts, « pour que la personne puisse sortir en cas d'accident ». Quant à la sécurité d'un Sig Sauer, elle ne bloque pas le tir. « Il suffit de presser très fort. »

# Les contrôles au faciès

La voiture tourne, très vite, sur le boulevard qui vient de Belgique. Dans l'habitacle, la tension est palpable. Aucun des policiers de l'unité Crommelynck ne parle. Je suis assis à l'arrière, à côté de Yassine. Avant la première embardée, il a eu le temps de me glisser que le retour sur la voie publique n'a pas été facile, « au niveau psy ». Le policier de la BST ne pensait jamais à la mort avant le coup de feu. Maintenant, si.

« On se met là, au croisement ? » Yassine saute de la voiture et se poste le long du boulevard, à quelques mètres de ses collègues. Il a une herse à la main, au cas où quelqu'un refuse le contrôle.

« Monsieur, coupez le moteur ! Et sortez du véhicule, s'écrie Romain, le chef de bord. Est-ce que vous pouvez ouvrir l'arrière ? »

À l'avant du fourgon blanc, un homme d'une cinquantaine d'années est assis à côté de son épouse et de sa fille, toutes deux voilées. Cette dernière a le regard noir. Elle n'aperçoit pas Yassine, posté un peu loin. Ce qu'elle voit, ce sont des policiers blancs qui les contrôlent, elle et ses parents, sans expliquer pourquoi. Alors, pendant que son père ouvre le fourgon (totalement vide), elle marmonne en arabe. L'air d'injurier. Sa mère lui intime l'ordre de se taire d'un coup de coude dans les côtes. Les policiers les laissent repartir.

« Elle avait la haine, lâche Romain.

– Encore une qui nous aime pas, soupire un jeune collègue.

– Sur la file d'en face, y en a qui filmaient », ajoute Yassine. Il se tourne vers moi. « C'est chiant. On peut pas bosser. Le policier souffle. Comme si notre métier, c'était de les emmerder. » Il regarde par la fenêtre. « On est quand même en train de chercher une gamine ! »

Un peu plus tôt sur les ondes, l'opérateur radio, TN 59, annonçait qu'une petite fille d'une dizaine d'années venait d'être enlevée en Belgique, à dix kilomètres de la frontière. « À toutes les unités, la camionnette blanche se dirigerait vers Roubaix... » L'information de l'enlèvement était fondée sur un faux témoignage. Mais à ce moment-là personne ne le savait.

Le 22 juillet 2021, six ONG, dont Amnesty International, ont saisi le Conseil d'État « pour dénoncer l'inaction du gouvernement français face au problème généralisé des contrôles d'identité au faciès en France ». L'action des policiers, que les agents n'expliquent presque jamais, est parfois incomprise... Mais cela reste un réel sujet.

Il est 21 heures au métro Eurotéléport, et Richard ronchonne : « Là, tu vois, ce qu'on nous demande, c'est de faire du contrôle au faciès.

Comme t'es là, je vais quand même contrôler quelques Blancs... Sourire excédé. Mais je te préviens, c'est pas le plus efficace. » Le policier longe les abribus en direction du haut des escaliers roulants avec deux collègues. Après un dîner copieux — un bel os à moelle rapporté de la maison dans un Tupperware —, l'équipage est parti « combattre le crime », comme l'a dit Richard à son chef d'unité en rigolant. C'est l'été, et la température commence tout juste à descendre. « Le temps parfait pour une bonne courette le ventre plein », plaisante Richard en montant dans la voiture. Il espérait plus sérieusement avoir l'occasion de patrouiller de nouveau autour d'un « appartement nourrice » qu'il pensait avoir repéré.

Mais c'était avant de recevoir l'appel de son chef... « Allô, oui ? OK... Une heure ? Bon... Fait chier. » Il raccroche. « Les gars ? Contrôle à Eurotéléport. » Le chef de Richard a lui-même reçu un appel du commandant responsable des unités de voie publique, lui-même informé par ses supérieurs, et ainsi de suite. La demande vient de la préfecture. En bout de chaîne, Richard résume : « Faut faire de l'étranger en situation irrégulière. Voilà. Pour les statistiques. »

Quelques semaines plus tard, le ministre de l'Intérieur Gérald Darmanin se félicitera de l'augmentation des interpellations de migrants en situation irrégulière dans le Nord, précisant que 50 % de ceux qui partent de Calais ou de Dunkerque vers l'Angleterre entrent en France par la frontière belge.

Ce soir-là, Richard a embarqué un jeune d'une trentaine d'années au sweat à capuche gris foncé. Il avait des papiers d'identité algériens et un visa espagnol expiré. « J'ai des enfants ici, a-t-il plaidé. Les avocats m'avaient dit que c'était bon... » « Quand on parle des contrôles au faciès, les gens se demandent tout de suite si on est raciste. Mais personne ne s'interroge sur ce qu'on nous demande », dira plus tard un collègue de Richard.

Je repense à ce très grand policier de la brigade anticriminalité, Guillaume. Un barbu à l'air faussement maussade. C'est surtout un policier étonnamment posé, réfléchi et mesuré. Sur le parking du Central, il se désole de l'affaire de harcèlement qu'une magistrate de Lille a fait remonter à ses supérieurs. Un adolescent l'a nommément désigné. Chaque jour, dit le jeune, Guillaume lui demande sa carte d'identité alors qu'il vient jouer au foot avec des amis.

« Adam ? Viens par là. Il est où, ton ballon ? »

Guillaume vient de faire un crochet par la rue où se trouve toujours le jeune. Il est 11 heures. C'est le début de sa vacation.

« J'ai pas de ballon.

– Ah non, je vois ça. Alors, qu'est-ce que t'as été raconter à la magistrate ?

– Rien.

– Tu lui as dit que je te harcelais.

– ...

– J'espère que t'as pas oublié de lui dire que tu fais le chouf sur le point de deal ? »

L'ironie, c'est que les contrôles d'identité d'Adam sont demandés par le parquet. « Le parquet est schizophrène, s'agace un gradé. D'un côté, on a une magistrate qui nous dit qu'on harcèle un mineur. Mais, de l'autre, on a des bailleurs qui parlent sans cesse d'occupation illicite des parties communes, des riverains qui appellent tous les jours la mairie ou le 17 pour se plaindre du trafic, et la proc qui nous dit : "OK, ce quartier, on le fait en 78-2." »

Via l'article 78-2 du code de procédure pénale, le procureur de la République autorise les policiers à contrôler l'identité de toutes les personnes présentes dans une zone et à des heures données. « Autant te dire que les contrôles sont fortement encouragés », grince le gradé. Autour du point de deal où Adam passe ses journées, le 78-2 autorisait les contrôles entre 11 h 30 et midi à cette époque. C'est souvent l'heure à laquelle les dealers regroupent les clients pour des « ventes flash » (plusieurs d'un coup) de cocaïne et d'héroïne.

« Ce que j'observe à mon niveau, c'est que les contrôles d'identité sont utiles aux enquêtes », m'a un jour dit le commissaire divisionnaire de Roubaix, sans étayer ses propos. Il n'existe aucun chiffre permettant de l'objectiver. « Mais on peut imaginer que le coût social et politique est trop important, poursuit le commissaire. Dans ce cas, que les députés votent une loi les interdisant. Nous l'appliquerons. C'est ce qu'ont fait les Anglais. » Au Royaume-Uni, le *stop and search* (interpeller et fouiller) a été soumis à des règles strictes de transparence pour éviter les discriminations : remise d'un récépissé, motivation du contrôle dans un P.V., renseignement de l'origine ethnique de l'interpellé... « C'est intéressant de comparer les sensibilités, reprend le commissaire. Les

Britanniques sont très attentifs au racisme (notamment depuis les émeutes de Brixton en 1981[1]), mais par contre en ce qui concerne les deux-roues, ça ne les dérange pas qu'une voiture de police percute un jeune en scooter... » Outre-Manche, on appelle cela un « choc tactique ». Cela consiste à renverser un fuyard en deux-roues pour l'interpeller. Une méthode radicale pour lutter, notamment, contre les vols à l'arraché, fréquents à Londres.

1 Ces émeutes éclatèrent dans la nuit du 10 au 11 avril 1981 dans le quartier défavorisé de Brixton, au sud de Londres, en réponse à la discrimination et aux violences policières.

# Les rodéos

La petite moto chinoise arrive en face. Elle zigzague à la vue de la voiture de police, qui freine. Coup de volant à gauche. Le deux-roues heurte la portière droite. Silence de plomb. Le jeune homme se relève, un peu groggy. Il n'a rien de cassé. L'équipage du groupe de sécurité de proximité départemental (GSPD) souffle, et descend l'interpeller.

« T'as freiné de l'avant pour te gaufrer comme ça ?

– Oui… J'ai que le frein avant. Le patin arrière, il va plus. »

L'homme a 25 ans. Il voulait montrer à son frère la moto non homologuée pour la route qu'il vient d'acheter d'occasion. Pendant que les policiers vérifient ses antécédents, sa femme accourt. Elle pousse un landau bleu marine dont les petites roues crissent. « L'emmenez pas, il a rien fait ! » s'époumone-t-elle. Plusieurs hommes commencent à s'approcher. « Tu rameutes pas le quartier ! » lui crie un policier.

La scène se passe tout près d'un point de deal situé en face d'une église. Un fonctionnaire demande des renforts par radio. Les hommes s'éloignent. « Faut faire gaffe, prévient le chef de bord. Parfois ils essayent d'arracher la moto, voire le gars... » Les situations dégénèrent souvent quand il y a un blessé. J'en parle avec le conducteur du GSPD. « Tu as vu, j'ai essayé de le bloquer mais j'ai aussi laissé une échappatoire sur la gauche, il aurait pu passer. Le but, c'était pas de le mettre sur le carreau. »

Quelques mois plus tard, Christopher, un policier d'un autre groupe du GSPD, se désole en contemplant l'avant embouti de sa Skoda sérigraphiée.

« Bilan : j'ai pas eu le quad, j'ai pas eu le mec et j'ai abîmé la carrette... Tu le vois, mon plan de carrière ?

– Ah, ces jeunes... », le chambre un collègue plus âgé.

La chasse avait commencé le long d'un boulevard avant de finir entre les petites tours du quartier Trois-Ponts. Le quad était monté sur un trottoir. Deux jeunes filles voilées avaient dû se jeter au sol pour l'éviter. Et puis le conducteur avait freiné. Trop brutalement pour Christopher, qui avait percuté l'engin. Le jeune s'était enfui à pied alors qu'un petit attroupement se formait. À la fin de la cohue, le quad avait disparu.

Les interventions sur les motos, quads ou scooters sont délicates. Par radio, il est toujours demandé aux fonctionnaires « de ne pas prendre de risques ». Cette formule les énerve beaucoup. Un exemple avec cette conversation sur les ondes à propos d'un rodéo aux Trois-Ponts :

« TN 59 à PS 120 Alpha. Des riverains nous signalent un rodéo aux Trois-Ponts. Vous pouvez y aller ?

– PS 120 Alpha à TN 59. Une fois là-bas, vous allez nous dire de ne pas prendre de risques et puis de cesser la chasse. Alors, du coup, on préfère ne pas y aller si c'est pour faire de la figuration. À vous.

– TI 120 à PS 120 Alpha, ici le commissaire. Ce n'est pas parce qu'on vous demande de ne pas prendre de risques qu'il ne faut pas aller sur les interventions. Vous vous rendez aux Trois-Ponts. Confirmez. »

Le commissaire sait qu'en août 2020, la préfecture de police des Bouches-du-Rhône a été condamnée pour « inaction » face aux rodéos urbains par le tribunal de Marseille. L'État a dû verser 10 000 euros de dommages et intérêts à un collectif d'habitants excédés. Mais le patron sait aussi que ce genre d'intervention peut précisément déclencher des émeutes. Quelques jours plus tôt, deux frères avaient été interpellés dans l'Essonne pour rodéo urbain. Leur mère avait été repoussée avec du gaz lacrymogène. Bilan : cinq nuits de violences urbaines.

Pendant que l'unité de police secours émet, et confirme qu'elle se rend aux Trois-Ponts, le commissaire explique : « On y va et, quand on nous dit de cesser la chasse, on cesse la chasse, c'est comme ça. Parfois, la seule vue d'un véhicule sérigraphié suffit à faire cesser l'infraction. »

# Le point de deal

Cette impression de faire de la figuration, les policiers l'ont parfois aussi sur les points de deal. Je me souviens de la mine renfrognée d'un major de Roubaix la première fois que je l'ai rencontré. L'homme à la mâchoire carrée appartient à la BAC depuis vingt-cinq ans. Il a quitté le service de nuit il y a six ans, « parce que ça dérègle ». Encore aujourd'hui, il ne s'endort jamais avant 2 heures du matin.

Ce jour de janvier, il m'invite à monter dans la Skoda noire. Direction : le quartier de la Petite-Italie, où doit se tenir une « opération darmanesque », une cellule d'arbitrage opérationnelle. Quatre véhicules se suivent au départ du Central. À quelques rues du point de deal, tout le monde coupe la sirène. Mais le major prévient : « On va pas les surprendre... »

Mal réveillé, un guetteur vêtu d'un maillot de Manchester United crie un peu tard : « Y a les keufs, ils sont en mode descente ! » Un policier le contrôle puis s'éloigne. Les chiens de la brigade canine sortent d'un coffre. Ils reniflent les poubelles, les bouches d'évacuation... Le major suit l'opération d'un pas mou. Un peu de drogue est saisie, conditionnée comme souvent dans un emballage de Capri-Sun (les plus malins l'emballent parfois dans des couches sales, pour tromper les chiens). C'est une « découverte sèche ». Judiciairement, elle ne pourra jamais être reliée à l'homme au tee-shirt gris qui regarde la scène. Il n'est qu'à quelques mètres, debout devant une Clio sale garée près d'un parc pour enfants.

C'est une « voiture ventouse », explique le major en vérifiant son identité. Le véhicule, rempli de cartons de pizza et de paquets de cigarettes vides, est utilisé par les dealers pour s'abriter de la pluie et du froid. Il reste toujours stationné là, comme un bateau en cale sèche. Quand il sera passé de l'état de taudis à celui d'épave, la mairie le fera enlever. Et les dealers en trouveront un autre.

L'homme au tee-shirt gris s'appelle Mohamed Lamri. Il est l'un des membres de la famille interpellée lors de la petite émeute. Son cousin, Souleymane Lamri, auteur des violences sur le policier de la BAC, a fini par être interpellé à Lille, où il se cachait chez une nouvelle compagne. C'est la fille de cette dernière qui a permis sa localisation. À l'école, la fillette a déclaré à son instituteur que, parfois, « papa tape sur maman ». Des policiers lillois sont donc venus l'interpeller pour ces faits, et le rapprochement a été fait entre les deux dossiers. Mais, en cellule, Souleymane a avalé une fourchette en plastique. Les policiers l'ont immédiatement transféré au CHU, d'où il est parvenu à s'évader. « Maintenant, la question qu'on se pose tous, c'est : qu'est devenue la fourchette ? » blague une source au parquet, après s'être inquiétée que les policiers aillent bien prévenir la compagne de Souleymane, victime de violences. Réponse d'un commandant : « Ah çà ! pour la prévenir, on l'a prévenue. Elle a pas voulu nous ouvrir, alors on a cassé sa porte. »

Dans le quartier de la Petite-Italie, le policier de la BAC rend ses papiers à Mohamed Lamri. « Qu'est-ce que tu fais là ? » lui demande le major, courtois, sans écouter la réponse. « Et ça ? » Il sort plusieurs centaines d'euros d'une de ses poches. « Ça vient d'où ? » Le policier lui rend son argent et ses papiers. Polis, les deux hommes se souhaitent une bonne journée.

Un peu plus loin dans la rue, le major montre une maison en briques rouges, une 1930. L'encadrement des fenêtres a été peint d'un joli bleu ciel. Sur le mur extérieur à droite de la porte d'entrée, les plaques d'immatriculation des voitures banalisées de la police sont listées, ainsi que le prix des produits (la bonbonne d'héroïne est à 10 euros). « Le propriétaire est parti vivre dans les îles, dit le major, à l'intérieur. Il avait voulu investir, mais les dealers ont délogé ses locataires et c'est devenu un squat. » Ses doigts jouent avec un trousseau de clés. « Du coup, il nous laisse l'accès. »

L'opération darmaninesque s'éternise. Heureusement, la balade urbaine continue. Au bout de la rue, le major montre du doigt un autre bâtiment. C'est un vieil immeuble désaffecté. « Une ancienne maison de retraite », précise le policier, qui s'approche. « Les appartements étaient squattés. » Il désigne l'entrée, cimentée. « À une période, ils faisaient vendre à des gamins de 13 ans sous la porte. » L'accès se faisait par les étages, à l'arrière. Les jeunes escaladaient, pénétraient par une fenêtre et se positionnaient derrière la porte condamnée. Les acheteurs passaient l'argent sous les parpaings. Les bonbonnes d'héroïne et de cocaïne suivaient le chemin inverse.

Le major évoque les mois de surveillance, les centaines de contrôles... Il parle d'une équipe de la BAC de Roubaix. En 2020, ils ont « fait » 33 kg de cannabis, cinq armes, 6 500 euros, une plantation et trois nourrices. Les Stups aussi s'en sont mêlés, en lien plus étroit avec le parquet. Et le point de deal de l'ancienne maison de retraite a été démantelé. Cet immeuble bas situé au 71 de la rue de Mouvaux attend aujourd'hui d'être réhabilité.

« Et du coup, le point de deal, maintenant, il est au 63 », reprend le major. Il n'y a aucun jugement dans sa voix. Le ton est on ne peut plus plat. Le 63 rue de Mouvaux est situé à 50 mètres du 71. Son entrée est régulièrement encombrée de grosses bennes noires remplies de poubelles. Sur un pignon tout proche, on a peint une magnifique fresque bleue, immense. Une paisible petite fille aux cheveux bruns, qui lit.

Cet immeuble est l'un des endroits que j'ai le plus fréquentés cette année à Roubaix, avec les policiers. J'en ai rempli des carnets. Extraits.

– Au rez-de-chaussée, un vieil homme sort en peignoir, aidé d'un déambulateur, pour demander l'heure aux policiers. Il rectifie le positionnement des aiguilles d'un petit réveil en plastique.

– Dans le hall, j'aperçois pour la première fois Bryan, de dos, avant qu'il parte en courant. Il a laissé derrière lui des briquets colorés dans une boîte aux lettres défoncée. Comme la concurrence est rude entre les points de deal, les vendeurs font parfois des offres commerciales : une bonbonne achetée, un briquet offert. Bryan est visé par une enquête préliminaire. D'après le bailleur, il lui arrive de fouiller les visiteurs à l'entrée du 63.

– Au rez-de-chaussée, je croise Françoise à la sortie du local de son association, Les Petits Débrouillards (un mouvement d'éducation populaire pour permettre l'accès aux connaissances scientifiques). « On paye un loyer ici, vous savez ? » se désespère cette femme élégante, sous un double plafond en lambeaux. « Les gamins que je croise, je leur dis toujours : “Vous n'allez pas à l'école ?” Ils me répondent : “On ne veut pas de nous...” » Historiquement, son association était domiciliée au 71 rue de Mouvaux.

– Les ascenseurs du 63 ont été désossés. *Bienvenue à la mort* est tagué sur un mur des escaliers, au rez-de-chaussée. Les marches sont jonchées d'urine et d'excréments. Un homme descend en courant, il ressemble à Raspoutine, la barbe un peu plus courte.

– Une représentante de LMH, le bailleur social, me dit qu'une vingtaine d'habitants vivent encore au 63 (nous sommes alors au printemps 2021). Elle travaille à les reloger.

– Maurice, 80 ans, m'invite à entrer chez lui mais demande que je ne décrive pas l'étage. Dans une pièce sombre encombrée d'objets et de cendriers pleins, il me raconte l'histoire de l'immeuble[1], autrefois destiné aux personnes âgées malades. « Maintenant, c'est l'enfer ! » crie cet ancien bouquiniste de Lille, qui vient pourtant de redire à LMH qu'il ne partira jamais. « Ce serait aller mourir, dit-il en allumant une cigarette. Comme une plante qu'on dépote. »

– Au cinquième étage, l'entrée condamnée d'un appartement a été forcée par un tatoueur clandestin. Il vit là, au milieu d'un chaos de détritus, d'excréments et de vêtements appartenant à l'ancienne occupante, décédée. Après son interpellation, il reviendra au 63 menacer la personne qui s'occupe des soins de Maurice. Le tatoueur l'accuse, à tort, d'être à l'origine de la descente de police.

– Entre deux étages, je croise de nouveau l'homme qui ressemble à Raspoutine. Les policiers lui demandent de ramasser les morceaux de sacs plastiques et les cannettes sur le sol. Raspoutine est monté dans les étages après avoir acheté de l'héroïne. Comme la plupart des personnes toxicomanes, il consomme sur place, dans le couloir, et puis il s'endort. Un jour d'avril, j'ai cru qu'il était mort.

À Roubaix, l'arrivée récente des « bouillies », mélanges d'héroïne et de cocaïne, aurait fait plusieurs victimes. Comme les personnes toxicomanes sont souvent sans domicile fixe, en rupture familiale et sociale, on met parfois du temps à retrou-

1 L'immeuble était administré par la Caisse centrale d'activités sociales, l'organisme qui gère les activités sociales des agents d'EDF, d'Engie et de leurs filiales.

ver leur corps. L'analyse toxicologique est dans ce cas impossible, faussée par la putréfaction. La cause de leur mort n'est de ce fait pas comptabilisée comme une overdose dans les statistiques nationales. En 2019, l'enquête Drames (décès en relation avec l'abus de médicaments et de substances) enregistrait seulement 648 décès liés à une overdose en France. Cette sous-estimation des morts de la drogue bloque d'éventuelles poursuites judiciaires contre les dealers. Une overdose est en effet considérée comme un homicide involontaire. « L'année dernière on a réussi à relier une overdose au gamin qui avait vendu la drogue, raconte un policier des Stups de Roubaix. Je peux te dire que, quand on lui a parlé d'"homicide involontaire", le ton de l'audition a changé. »

# L'école

À la fin de l'été, le commissaire adjoint Quentin Bachelet m'invite à dîner à Lille, dans un restaurant « qui sert un bon welsh ». Il vient d'apprendre sa mutation en région parisienne à partir de septembre. La fin de deux années à Roubaix (« deux belles années »). En attendant les plats, nous parlons du 63 rue de Mouvaux.

Quentin regrette que personne, côté mairie ou bailleurs, n'ait pensé à le « résidentialiser ». « C'est typiquement un immeuble construit sans rapport à la rue, m'a expliqué l'ex-urbaniste. Ce serait facile d'aménager les espaces vides. Les reconvertir en crèches, en lieux associatifs... »

La procureure de Lille s'y était rendue au printemps. Marquée par sa visite, elle avait demandé aux policiers d'en faire une priorité : P.V. systématiques pour « occupation illégale » et « entrave » dans le hall, « 78-2 » entre 11 h 30 et midi pour accentuer les contrôles, CAO chaque semaine, opération « cheval de Troie » (qui consiste à entrer en surnombre dans l'immeuble et à discrètement laisser un policier en planque dans les étages), installation de caméras... Au moment de notre discussion au restaurant, les fonctionnaires de Roubaix interpellent une personne tous les deux jours dans le quartier, et les dealers commencent à déserter le hall.

Le parquet s'est aussi intéressé aux boucheries des alentours, suspectées de blanchir l'argent du trafic. Le tribunal administratif de Lille en recense 30 à Roubaix, pour lesquelles il ne dispose d'aucune traçabilité. Personne ne sait où est abattue la viande, qui sont les propriétaires, d'où viennent les fonds... Ces boucheries posent des problèmes d'hygiène (des poubelles avaient été retrouvées dans des réfrigérateurs lors d'un contrôle), des questions fiscales... D'après une source judiciaire, les services de l'État refusent d'effectuer des contrôles à Roubaix, de peur de subir des violences... « C'est passionnant, mais dans un commissariat, la question qu'on se pose toujours, c'est : "Où est-ce qu'on s'arrête ? Qu'est-ce qu'on a la capacité de traiter ?" » me fait remarquer Quentin.

Sa remarque me fait immédiatement penser aux dealers du parc pour enfants devant l'école primaire Simone-Veil. Le commissaire m'y avait emmené dans sa petite Clio grise, lors de notre première rencontre à Roubaix, le 2 novembre 2020. « Quand vous voyez un point de deal devant une école primaire, vous avez envie qu'il disparaisse tout de suite, pour protéger les enfants... », avait-il dit. C'était il y a un an. Une éternité.

Entre temps, il y avait eu cet incident, un jour de janvier 2021. Un jeune dealer s'était débarrassé de plusieurs sachets de conditionnement près du parc pour enfants, avant de détaler.

Dans sa fuite, il était entré dans l'école et avait déclenché l'alarme. « Ça a fait tout un schpountz », m'a raconté le policier qui lui courait après. Les enfants avaient eu peur. Les enseignants étaient sortis des classes. Selon eux, les agents n'avaient pas à poursuivre les dealers dans l'enceinte de l'établissement. « C'est quand même pénible, a repris le policier. Quand on n'est pas là, on se fait engueuler : "Mais que fait la police ?" Et quand on est là, c'est pareil, on se fait engueuler aussi. En fait, c'est jamais bien, ce qu'on fait. » La directrice de l'école avait fait remonter l'incident. Le maire de quartier avait contacté la mairie de Roubaix, qui avait contacté le commissariat. La préfecture du Nord, le parquet de Lille et la Direction départementale de la police nationale avaient aussi été mis dans la boucle.

C'est en observant Quentin se démener pour trouver une solution que j'avais commencé à réaliser la complexité du travail de police. Je me souviens de ses appels à la directrice, qui refusait de porter plainte, ce qui le désolait. Des enseignants avaient été menacés. Les dealers les accusaient d'être « des balances ». « Les professeurs, je comprends qu'ils ne viennent pas déposer, mais la directrice, ça me dépasse. Sans plainte, on a les mains liées. On a aucune base légale pour avancer. » Le parquet de Lille demandait au minimum à Quentin des éléments d'identification. Que la directrice écrive noir sur blanc : « J'ai peur pour les enfants. » Ce serait mieux que rien. Avec ce témoignage, le commissaire adjoint obtiendrait peut-être du parquet « un

78 et un 76 », une autorisation de contraindre à comparaître et de perquisitionner. Ce sont deux articles du code de procédure pénale, à laquelle l'action policière est soumise. Mais un magistrat l'avait prévenu : « Franchement, moi j'ai du mal avec les témoignages anonymes, les Mme X dit que M. X... »

Toujours un peu urbaniste, Quentin avait aussi échangé avec le représentant de Lille métropole habitat (LMH), un bailleur qui avait tenté d'installer des caméras de sécurité dans le quartier de l'école. Toutes avaient été détruites à la disqueuse. Il avait enfin rencontré le maire de quartier, qui parlait de rehausser l'enceinte de l'école avec du verre opaque.

« Vous ne voulez pas plutôt mettre un filet anti-ballon ? avait proposé Quentin. Quelque chose de léger, ce serait mieux, non ?

– Oui, je sais que c'est compliqué de transformer l'école en bunker, avait convenu le maire. Mais les profs ne veulent plus voir les dealers. »

La police ne peut pas tout faire, c'est certain. Elle ne pourra jamais réparer la société, colmater à elle seule les plaies ouvertes par la pauvreté. Peut-être faudrait-il, collectivement, commencer par l'assumer. Cesser de lui demander de « reconquérir les territoires perdus de la République », de « regagner du terrain sur le trafic de drogue », d'engager une politique de « tolérance zéro »... Mais écrire que « la police ne peut pas tout faire » ne veut pas dire que son action est inutile.

La dernière fois que je suis allé à Roubaix, en décembre 2021, les dealers étaient un peu plus discrets dans le parc devant l'école Simone-Veil, et le hall du 63 rue de Mouvaux n'était plus occupé. Ses derniers locataires pouvaient aller et venir sans être ennuyés. La vente de drogue s'effectuait désormais dans une Clio noire garée au niveau du 66, à quelques mètres d'une boucherie.

# Les pauvres

Quelques semaines après la parution dans *La Croix L'Hebdo* de ce reportage, je reçois le coup de fil d'un lecteur, en pétard. « Oui, alors j'ai lu votre truc, c'est long... » Ton de reproche. « Qu'est-ce qu'on apprend, en fait ? Que les policiers ne servent strictement à rien. Donc votre article ne sert strictement à rien. »

Le lecteur raconte qu'il vit à quelques rues du commissariat de sa ville, où il a déposé plusieurs mains courantes dans l'espoir de déloger le point de deal installé en bas de chez lui. « Chaque fois c'est pareil, on entre dans le bureau, le fonctionnaire tape votre déposition, la range dans une bannette, et puis il recommence avec une autre personne. Mais ils en font quoi, de ces mains courantes, sérieusement ? » Je tente d'expliquer que les P.V. sont chaque jour centralisés avant d'être redistribués... Le lecteur m'interrompt : « Tout ça c'est du théâtre. »

Je n'aime pas cette image : l'idée d'un jeu de rôle, à somme nulle, entre policiers et délinquants. C'est une analyse séduisante dont on fait de très beaux romans noirs et séries à succès, mais elle repose sur une sociologie marxiste un peu datée. La société n'y est décrite qu'en termes d'affrontements. Policiers contre criminels. Quartiers contre quartiers. Classes contre classes. Riches contre pauvres.

Je me souviens à ce sujet d'une discussion avec des policiers de Roubaix, un matin, dans un Berlingo sérigraphié. Dans l'un des quartiers ultrasécurisés d'une commune au sud de Roubaix, le véhicule avance dans l'allée d'un château dissimulé derrière une rangée d'arbres. Le crissement des pneus sur le gravillon blanc, un grand cerf en bronze au milieu d'un bassin d'eau verte, et un poulailler. « Des Roms se sont installés dans le champs que tu vois là-bas, derrière la route, explique un policier. Et les vols de canards ont commencé. En même temps, c'est des gens qui n'ont rien. C'est pour se nourrir. » La discussion s'engage dans l'habitacle : le vol peut-il être légitime ? Après une succession d'arguments empiriques — notamment le souvenir d'une femme arrêtée par un vigile après avoir volé des cadeaux de Noël pour ses enfants — la question se transforme : le rôle de la police est-il surtout de protéger les plus riches, et leurs intérêts ? Les fonctionnaires assurent que non. Pour nourrir le débat, je soutiens un peu que si.

Quelques semaines plus tard, un conflit de voisinage éclate dans le quartier du Pile, à Roubaix. Le 17 est appelé. Une histoire de musique trop forte, des voisins qui s'énervent et un coup de couteau. Arrivé devant la maison en brique rouge aux fenêtres partiellement murées, un fonctionnaire — l'un de ceux présents lors de la patrouille aux canards — s'écrit :

« Tiens, un Sharan ! C'est sûrement des Roms. » Ce modèle de monospace Volkswagen, dont la production a été arrêtée en 2019, est très recherché en occasion par les personnes venues des pays de l'Est, affirme-t-il. Après quelques minutes d'intervention, le policier revient à sa voiture accompagné de l'auteur du coup de couteau, originaire de Roubaix. « Je m'étais pas trompé, c'était des Roms qui squattaient la maison (la plupart de celles de la rue sont vides). Ils écoutaient de la musique, y a eu un peu de bordel et puis... » Coup d'œil dans le rétroviseur à l'homme menotté. « Monsieur, qui est le voisin, a pensé que le fait de payer un loyer lui donne le droit de faire le con avec son couteau. » Après avoir déposé l'homme en geôles, le policier me prend à part, tout sourire. « Alors ? Tu penses toujours qu'on est là pour emmerder les gens du voyage ? »

Ma vision de la police s'est beaucoup complexifiée à Roubaix. Je dirais surtout qu'elle s'est personnalisée. Cela tient sans doute à la méthode que j'ai employée, basée sur des entretiens longs, avec presque pas de questions (et donc parfois des silences, qu'il faut assumer...), et sur de l'observation « non focalisée ». En clair, je notais tout dans mes carnets, jusqu'aux détails apparemment les plus insignifiants (un geste de la main, un dessin au mur, un tic de langage...), dans l'espoir qu'une lecture ultérieure leur donnerait un sens caché. Que je parviendrais ensuite à les faire parler, à les mettre en lien avec telle ou telle phrase prononcée, tel ou tel mot employé. On ne se rend souvent pas compte du boulot que c'est, d'écouter.

D'écouter Henri, par exemple, de la Scientifique de Roubaix. Je l'ai plusieurs fois accompagné le matin pour réaliser les constatations des cambriolages de la nuit. La tâche, répétitive, m'a souvent ennuyé, jusqu'à ce jour de printemps.

Nous sommes dans les beaux quartiers, dans une résidence bordant le parc Barbieux où deux femmes ont été cambriolées, au dernier étage. La première, porte de gauche, s'excuse sur le palier en resserrant à l'excès la ceinture de sa robe de chambre. « Désolé, c'est un peu vieillot chez moi. » Les cambrioleurs ont emporté la montre de son mari décédé depuis quatre mois et vidé les boîtes de perles, savamment rangées, à partir desquelles l'octogénaire confectionne des bijoux sans valeur marchande. « Mon fils a un peu rangé. Moi j'étais KO sur le fauteuil. » Henri fait quelques prélèvements à la recherche de traces papillaires (empreintes des mains) ou de profil génétique (« de l'ADN de contact ») sur le bureau et les montants de l'armoire, ainsi que sur le câble d'alimentation de l'ordinateur volé de la voisine de l'octogénaire, porte de droite.

Un peu plus tard au volant, Henri explique : « Après, on entre tout ce qu'on a dans les fichiers... » Le Fichier national des empreintes génétiques (FNAEG), qui contient près de 3 millions de profils enregistrés (identifiés ou non) et le Fichier automatisé des empreintes digitales (FAED), qui en contient près de 7 millions. « On cherche surtout des traces papillaires, puisque c'est la plus grosse base de données. Tu as vu en geôles, quand on prend les empreintes des mecs au début de leur garde à vue ? Eh bien, si le voleur de ces dames s'est fait attraper l'année dernière pour conduite en état d'ivresse à Roubaix ou à Marseille, on aura tout de suite son identité. » Si ce n'est pas le cas, les empreintes restent dans le fichier pendant 25 ans. « Et, dès qu'il y a une correspondance avec un nouveau profil, nous sommes alertés. C'est généralement comme ça qu'on les coince. »

La camionnette blanche de la Scientifique se gare tant bien que mal dans une rue bondée des quartiers Nord de Roubaix. Dans l'entrée d'une élégante maison en briques « 1905 », une poussette encombre le passage sous des boîtes aux lettres qui débordent. Le voisinage a l'air plutôt familial. Henri et ses collègues poireautent quelques minutes avant d'être rejoints par un jeune homme à la mine triste, qui mène les policiers dans une cour derrière l'immeuble jusqu'à l'appentis qu'il loue quelques centaines d'euros. Une sorte de préfabriqué dangereusement adossé à un gros arbre. L'intérieur est sombre et rempli de sacs, de vêtements en désordre et de restes de nourriture à emporter. Le jeune s'excuse, au bord des larmes. Cela ne fait qu'une semaine qu'il a emménagé après avoir enfin trouvé un travail dans une boucherie voisine. Henri l'écoute parler des deux sacs noirs qu'on lui a volés, avec son argent, son passeport et ses papiers « pour travailler ». Il effectue ensuite quelques prélèvements sur l'embrasure de la porte et de la fenêtre, intérieur comme extérieur. De retour au volant, Henri se tourne vers moi : « Là, je sais qu'on va rien trouver. Les prélèvements, tu peux pas en faire sur n'importe quelle surface. Le bois, le textile, le papier, c'est impossible. Surtout, il faut que ce soit bien propre. Quand c'est crasseux comme là, je sais déjà qu'il n'y aura rien. » Alors pourquoi avoir réalisé les prélèvements ? « Parce que je suis avec une victime, je vais pas lui dire : "Non, je peux rien faire, c'est trop sale chez vous." Pourtant c'est la réalité. » Parfois, pour rigoler, certains policiers disent qu'ils font des « prélèvements sociaux ».

# Service public

Je ne sais pas exactement ce que les policiers de Roubaix ont pensé de ce que j'ai écrit sur eux. Je n'ai pas pu retourner au Central après la publication de l'article dans *La Croix L'Hebdo*. Honnêtement, pour moi, ça a été un crève-cœur.

À mon arrivée à Roubaix, en janvier 2021, j'avais été invité par le commissaire divisionnaire à dire quelques mots devant l'ensemble des chefs d'équipe présents ce jour-là. Je me souviens encore, à la fin de mon intervention, de l'avertissement que m'avait glissé à l'oreille le responsable d'un service d'enquête. Le ton était suffisamment bas pour que ses supérieurs n'entendent pas : « Je te préviens, ici t'es pas le bienvenu. » Un silence. « Ni moi ni aucun de mes hommes ne te parlera. » Quatre mois s'écouleraient avant que j'obtienne sa confiance, avant qu'il m'embarque, un matin à l'aube, sur l'une de ses plus importantes opérations de l'année. À ce policier comme aux autres, j'ai toujours dit que je reviendrais à Roubaix après la publication de l'article pour entendre les remarques, les critiques et y répondre. Mais le remplaçant du commissaire divisionnaire Éric Eudes, Abdelkader Haroune, n'a pas rendu cet échange possible.

Abdelkader Haroune avait déjà travaillé à Roubaix au début des années 2000. Il est l'un des personnages principaux du documentaire tourné en 2007 par Mosco Boucault, *Roubaix, commissariat central*, qui a inspiré le film d'Arnaud Desplechin, *Roubaix, une lumière*. De retour dans son ancien bureau, ce fils de Harki originaire de Tourcoing a accroché au mur une affiche du film avec Roschdy Zem, qui joue son rôle. Sur fond sombre, l'acteur en pied contemple la ville, le visage fermé. Je me souviens de nos rares échanges dans ce bureau. Je lui avais demandé sur combien d'affaires en moyenne travaillaient les policiers de la brigade des violences conjugales. Il ne m'avait pas donné de chiffres. Pour lui, la publication de ce genre de ratio s'apparente à de la désinformation... Nous en sommes restés à peu près là. Malgré la froideur de nos relations, je tiens à le remercier d'avoir continué à me donner accès à toutes les unités entre sa prise de fonction au printemps 2021 et la fin de mon travail sur le terrain à la fin de l'année.

Je n'ai donc pas eu de nouvelles de Marion, la policière de violences conjugales, ni du groupe de la BST qui avait accompagné Saïd Charfi à l'hôpital, ni de René, le geôlier qui avait valsé avec la femme de ménage, Annick... J'ai tout de même reçu un SMS du policier qui avait découvert le cadavre du vieil homme à la carabine posée sur le torse : « Pas de langue de bois. C'est bien. On voit que nous ne sommes ni plus ni moins que le reflet de la société, avec ce qu'elle comporte comme travers... » Un vieux major m'a aussi envoyé ce courriel : « Je constate que votre retranscription est souvent des plus justes. Confrontations à la misère sociale et à sa violence, difficultés de travail ou du métier, sentiments d'abandon ou d'échec... Mais ce qui m'étonne toujours dans notre métier, c'est la volonté et résilience de mes collègues à se remettre à la tâche. Sisyphe en perdrait presque sa symbolique ! »

J'ai aussi reçu quelques nouvelles de Clope, qui hésite à quitter la police, d'une enquêtrice des violences conj qui témoigne que « la pression et le nombre des dossiers continuent d'augmenter », et d'un geôlier qui m'annonce que les cellules ont été refaites, fin 2021, pour plusieurs dizaines de milliers d'euros de travaux. Lui et quelques collègues restent persuadés que « ça ne va rien changer ». Moins d'un an plus tard, j'apprendrai en effet que les moucherons sont revenus, que les toilettes des cellules sont à nouveau bouchées et remplies de détritus. Les bâtonniers de Lille, qui les ont visitées en juillet 2022, décrivent une odeur « à la limite du soutenable ». Ce qui m'étonne cependant, dans l'indignation de ces avocats, c'est qu'elle ne s'accompagne jamais d'une réflexion plus large sur le nombre de gardés à vue. Faudrait-il le limiter ? Reste que l'hygiène est un vrai sujet pour les interpellés comme pour les policiers. Un mois après le passage des bâtonniers, les syndicats de police de Roubaix ont révélé la présence d'importants taux de légionnelle, une bactérie, dans l'eau du Central. « Si tu passes dans le coin, arrête-toi prendre une douche ! » plaisante un police secours en me partageant un article sur le sujet. Il fait partie des policiers qui m'ont tout de suite appelé après la parution de l'article. Il avait été un peu déçu que je ne consacre pas un chapitre à une importante saisie de drogue réalisée par son unité. Le choix de privilégier telle ou telle histoire a toujours quelque chose d'arbitraire, mais sa réaction est révélatrice.

Les policiers ont souvent tendance à mesurer leur efficacité aux grandes affaires qu'ils résolvent (homicides, etc.) ou à la quantité de drogue qu'ils saisissent. Or, pour ce travail, j'ai choisi de ne m'intéresser qu'aux plus petites affaires, apparemment anodines ou insignifiantes. En janvier 2021, j'avais pris un abonnement à *La Voix du Nord*. Le quotidien m'a servi de tamis : dès qu'une intervention de police était jugée suffisamment importante pour valoir un article, je délaissais le sujet. Je ne voulais pas faire du commissariat un décor, comme c'est souvent le cas dans les séries. L'attention du lecteur ne devait pas être détournée par l'intrigue ou les protagonistes de tel ou tel fait divers. Je n'ai donc pas parlé de ce violeur en série qui arpentait les rues de Roubaix avec un sac à dos contenant des Serflex (colliers en plastique, pour attacher les mains), ni de cet homme d'une cinquantaine d'années retrouvé mort près de la grotte du parc Barbieux, entouré d'une dizaine de douilles de 9 mm, ou encore de ce cocktail Molotov jeté contre une boucherie roubaisienne, également visée à l'arme de poing… Je n'ai pas non plus poussé l'investigation sur l'affaire des canards du parc Barbieux mystérieusement visés par des fléchettes, à laquelle *La Voix du Nord* a consacré plusieurs articles début 2021. Après la publication d'une photo d'anatidé nageant avec une tige en métal plantée dans la joue droite, l'affaire est vite devenue l'une des priorités des police secours de Roubaix. Blessés, certains oiseaux avaient dû être euthanasiés. À ma connaissance, le ou les tireurs n'ont jamais été retrouvés.

« Ah, ça vous a marqué, cette histoire de canards... Vous auriez dû en faire un chapitre ! » Nous sommes au printemps 2022, dans le sud de Paris. Je prends un café avec un ancien commissaire rencontré il y a quelques années. Il vient de lire l'article. Ses commentaires et son ton condescendant m'agacent au plus haut point : « C'est bien joli, toutes vos histoires, mais vous ne parlez jamais de la réponse pénale, souvent faible ou inexistante. Les pseudo-affaires dont vous parlez, quand elles ne mènent à rien, nous, on appelle ça de la merde... »

Je lui rétorque que, quand des policiers auditionnent un couple suspecté de corruption de mineur (en l'occurrence d'avoir eu des relations sexuelles devant leur enfant de 10 ans), cela a un sens, même si le parquet considère ensuite qu'il n'y a pas assez d'éléments pour poursuivre. Est-ce vraiment anodin de se retrouver au commissariat à devoir se justifier de sa vie intime ? C'est d'une certaine façon la société qui repose un cadre, par l'intermédiaire d'un fonctionnaire de police.

Je lui reparle aussi de cette scène avec Mutique, le policier qui avait tenté d'aider la femme dont le fils schizophrène avait détruit l'appartement. Qui sait si elle n'a pas plus tard suivi l'un des conseils du policier ?

Et que penser du travail des geôliers, qui ne mène en soit à aucune réponse pénale ?… N'a-t-il vraiment aucun sens ?

Énervé, je soutiens à mon interlocuteur une idée un peu provocatrice. Si la police est avant tout un service public, alors on devrait mesurer son efficacité comme on jauge la satisfaction des clients à la sortie des sanitaires d'aéroport : en proposant aux usagers, en l'occurrence aux personnes placées en garde à vue ou en dégrisement, d'appuyer sur un smiley, content ou non.

L'ancien commissaire éclate de rire : « Franchement, c'est pas con. Ça permettrait de valoriser le travail d'un bon geôlier, celui qui sait tenir des cellules calmes et gérer les personnes agressives… Quand même, ce qui ressort de votre article, c'est qu'il y a une part d'immesurable… » Et qu'au milieu des ordres plus ou moins flous et des demandes politiques plus ou moins ineptes, chaque fonctionnaire bricole comme il peut le sens qu'il donne à son action.

Je repense par exemple à ce policier qui demande systématiquement aux jeunes sur les points de deal de ramasser les canettes vides ou les cartons de pizzas qui traînent par terre. J'ai une fois assisté à la scène. C'était au mois de mars 2021 à Roubaix. Un jeune en survêtement était assis sur une chaise pliante, dans le quartier de la Petite-Italie.

« Mais, monsieur, c'est pas moi, les canettes.

– Je m'en fous. Si c'est pas propre quand je repasse, je t'embarque avec tes copains. »

Plus tard, le fonctionnaire m'explique : « Je pense aux voisins. C'est pas marrant de vivre à côté d'un point de deal, alors, au moins, ce sera un point de deal propre. »

En janvier 2022, j'ai eu l'occasion de revoir Quentin en région parisienne. Le commissaire est maintenant bien installé dans sa nouvelle affectation. Il n'est plus adjoint et a maintenant la responsabilité, seul, de 140 policiers. Après avoir lu l'article sur Roubaix, il m'a dit : « C'est fou, je ne me rendais pas compte qu'il s'était passé autant de choses durant cette année. »

# Annexes

# « J'ai pas l'impression qu'on est confinés, tout le monde est dehors »[1]

*À Roubaix, la souplesse à laquelle Emmanuel Macron a invité les forces de l'ordre pour le premier week-end de reconfinement était encore en vigueur en début de semaine. Reportage.*

C'est une jeune femme rousse de 18 ans dont seul le menton émerge d'un bomber gris trop large. « J'ai pas l'impression qu'on est confinés, tout le monde est dehors. » Son doigt glisse sur l'écran de son téléphone, qui sonne. « Attends, je te rappelle plus tard, je suis avec la police. » La jeune femme, qui réside à Mulhouse (Haut-Rhin), s'étonne de son contrôle, lundi 2 novembre à 17 heures, à la station de métro Eurotéléport de Roubaix, convaincue que le confinement n'est effectif qu'à 21 heures : « Je pensais que c'était comme le couvre-feu, moi. »

1 Publié le 3 novembre 2020 dans *La Croix*.

Ce pourrait être un mensonge, mais Charlotte[1], adjointe au chef du groupe de sécurité de proximité (GSP) de Roubaix, décide de la croire. Et formule avec patience ses recommandations : « Là... Non... Attendez... Oui, voilà. Là, il faut renseigner le motif pour se déplacer. Pour les courses, c'est la deuxième case. Après vous cliquez sur "générer l'attestation". Le bouton bleu. »

## « L'attestation est obligatoire avant 21 heures ? »

À Roubaix, les policiers sont habitués à dialoguer avec des gens parfois un peu perdus. Comme ce vieil homme à sonotone — « L'attestation est obligatoire avant 21 heures ? » —, ou cette femme au voile blanc, qui l'a remplie au crayon à papier et dont on devine la précarité. « Au stylo ? Mais j'aurai jamais assez de feuilles... » Il y a aussi ce jeune homme à la doudoune bleu ciel à qui Christian, un collègue de Charlotte, vient de rappeler que le masque est obligatoire, « et pas seulement à la vue de la police ». « Vous allez pas me mettre une amende, monsieur ! Je l'ai mon masque, regardez ! Mais il est mouillé. Alors je l'ai pas mis. Tenez, vous pouvez le toucher, je ne mens pas... — Vous voulez que je touche votre masque, monsieur ? Vous êtes sérieux ? »

Christian le laisse partir, sans amende. « C'est une question d'attitude. Est-ce que la personne est

---

1 À leur demande, les noms de famille de certains fonctionnaires ont été supprimés.

correcte ou est-ce qu'elle nous prend pour des imbéciles ? » Plus tôt dans l'après-midi, il a verbalisé un conducteur sans attestation qui prétendait aller chercher ses enfants à l'école, à quatre dans l'habitacle et après avoir grillé un feu rouge. « Sinon, on essaye d'être encore indulgent... »

**Un taux d'incidence très supérieur à la moyenne**

Ce lundi 2 novembre, entre 17 et 18 heures, neuf personnes contrôlées sur dix avaient leur masque et leur attestation ou leur carnet de correspondance (les policiers de Roubaix lui donnent valeur d'attestation pour les scolaires). Pour les autres, la tolérance est bientôt terminée, prévient le commissaire Quentin Bachelet, présent au début de la patrouille. La crise sanitaire est en effet très forte à Roubaix, où le taux d'incidence[1] est trois fois supérieur à la moyenne nationale. En un mois de seconde vague, il y a déjà eu près de deux fois plus de décès au CHU de la ville que lors de la première vague, au printemps. « Ici, certaines difficultés se confondent avec le confinement : la densité urbaine, la cohabitation intergénérationnelle, la précarité... », explique cet urbaniste de formation, qui propose de faire découvrir en voiture la « physionomie » de cette ville où un foyer sur deux vit avec moins de 1 050 euros par mois.

Sa Clio grise traverse le quartier de l'Alma, l'un des plus défavorisés. « Lors du premier confine-

1 Nombre de tests positifs pour 100 000 habitants.

ment, les seuls dehors étaient les sans domicile fixe, les personnes avec des problèmes mentaux ou toxicomanes », raconte Quentin Bachelet. Au printemps, les délits constatés avaient baissé d'au moins un quart. « Sauf les violences intrafamiliales, pour lesquelles nous avons mis en place une brigade spéciale avec sept enquêteurs », précise le commissaire, dont la voiture passe dans la « Petite-Italie ».

Il est 19 heures et la brigade anticriminalité est en train d'y faire une saisie de drogue (300 bonbonnes d'héroïne et de cocaïne et 250 g de cannabis). « Sur les points de deal, le couvre-feu a été plutôt bien respecté, explique Quentin Bachelet. Maintenant on va voir. » À une intersection du quartier Cul de four, un peu plus loin, un homme attend devant une épicerie informelle fermée par des scellés. Comme tous les guetteurs autour de lui, son masque est bien ajusté sur son nez.

**Mikael Corre,**
envoyé à Roubaix (Nord)

# Violences, bavures : des policiers racontent[1]

*Enquête. Un an après le début du mouvement des Gilets jaunes, des membres des forces de l'ordre évoquent leur rapport aux armes, à leurs limites… et plus généralement à la violence. Celle qu'ils subissent comme celle dont ils font usage.*

Sur le procès-verbal d'interpellation, Arthur a écrit que « cinq individus présentant une attitude hostile » s'approchaient de lui. C'est un mensonge. « Un petit mensonge nécessaire », relativise ce policier du Sud-Ouest, de ceux que l'on écrit pour « se bricoler un cadre légal lorsque… eh bien… lorsque ça rentre pas ». Une sorte de chausse-pied, donc. Ce matin-là, personne ne s'approchait d'Arthur. Pas un seul individu présentant une attitude hostile à la ronde. Un jeune d'une quinzaine d'années courait simplement comme un dératé le long d'un trottoir bordé d'arbres.

---

1 Publié le 19 novembre 2019 dans *La Croix L'Hebdo*.

Arthur et ses collègues n'avaient pas réussi à l'attraper (ils avaient un très sérieux motif pour le faire). « Écoute, je vais pas te mentir. Le type était à 70 mètres, quelque chose comme ça. Alors même si je l'avais touché... Une balle en caoutchouc, dans le dos et à cette distance, ça l'aurait pas arrêté. » Alors pourquoi lui avoir tiré dessus au LBD (lanceur de balles de défense), cette arme noire à gros calibre devenue l'un des symboles des violences policières ?

« Eh bien... Pour lui en mettre une. Qu'il ait bien à l'esprit que l'autorité, c'est nous. Dans les quartiers, tu sais, c'est un rapport dominant-dominé. Une cité calme, dans laquelle une voiture de police peut entrer sans incident, c'est des années de travail. Je devrais pas te dire ça, mais parfois on doit dépasser la ligne. » En théorie, un tir de LBD doit « dissuader ou neutraliser une personne violente et/ou dangereuse » (instruction du 2 septembre 2014 du ministère de l'Intérieur). En pratique, l'arme est donc également employée pour « se faire respecter » (« Rien que la sortir, parfois ça suffit »), et ce malgré les risques que l'on connaît.

« Une fois, j'ai tiré au LBD dans la gorge d'un mec. C'était un jeune. Après, c'est parti en émeutes dans toute la circo. Évidemment, pour la hiérarchie c'était de ma faute... » Luc est entré dans la police en 1994, « à une époque où on sortait encore sans gilet pare-balles, avec seulement un six-coups ». C'était un an avant que le directeur général de la police, Claude Guéant, introduise l'usage du Flash-Ball (une marque de LBD), généralisé quatorze ans plus tard à toutes les unités « intervenant dans les quartiers difficiles » par son successeur Frédéric Péchenard.

« Le jeune, je lui ai évidemment pas visé la gorge. On était deux en patrouille, ce jour-là. On voulait attraper un type qui faisait du scooter sans casque et mon coéquipier s'est un peu trop enfoncé dans la cité. J'étais encore au volant quand je l'ai vu revenir en courant poursuivi par une vingtaine de mecs qui lui balançaient des trucs. Alors je suis sorti de la voiture et j'ai tiré. » Luc juge le LBD nécessaire pour « maintenir à distance » et éviter, dans certains cas, « d'avoir à tirer à balles réelles ». « Cette fois-ci, ça a touché la gorge, bon et alors ? C'est pas téléguidé. Le jeune, il est pas mort non plus. C'est le hasard. C'est pas pour ça qu'il faut retirer l'arme. » Une arme qui est pourtant critiquée depuis des années pour son imprécision.

« Tu veux savoir ce que j'en pense ? Je pense que vous, les journalistes, vous êtes des hypocrites. » Un policier parisien habilité au port du LBD s'agace. « Ça fait des années qu'on l'utilise en banlieue et tout le monde s'en fout. Quand c'est un petit Noir ou un petit Arabe qui en prend une dans la tronche, ça fait jamais les gros titres. Quand c'est un Blanc par contre... Tu te souviens de la manifestation à Montreuil ? » Le 8 juillet 2009, un réalisateur de 34 ans, Joachim Gatti, est éborgné alors qu'il proteste contre l'évacuation d'une ancienne clinique.

« C'était l'indignation nationale. Le début de la focalisation sur le LBD. Après, bon... l'auteur du tir à Montreuil, c'était un mec de la BAC (brigade anticriminalité, NDLR). C'est souvent pas les plus carrés. » Ces unités intervenant en priorité dans les banlieues ont été créées au niveau national en 1994 — l'année où a été introduit le Flash-Ball. Quotidiennement, elles patrouillent en civil dans des voitures banalisées, le LBD souvent posé au pied du siège passager. Elles ont la réputation « de pas mal arroser », métaphorise le policier parisien, notamment lors des manifestations.

Le chef d'un groupe BAC de l'ouest de la France concède : « C'est vrai qu'au début des Gilets jaunes, ça a pas mal tiré. Mais après, quand on a beaucoup parlé des éborgnés, c'est vite devenu la psychose. On devait annoncer à la radio qu'on avait effectué un tir à tel ou tel endroit. » Une procédure vécue comme infantilisante par des policiers habitués à agir « sur initiative ».

Pour Claude, gradé chez les gendarmes mobiles (équivalent pour les militaires des CRS), la mesure va toutefois dans le bon sens. « Dans mon peloton, celui qui tire de sa propre initiative, il prend déjà un grand coup derrière les oreilles. » Chez les gendarmes, le porteur d'un LBD ne tire que sur ordre. Un superviseur désigne la cible et rappelle la zone à viser. Résultat : moins de tirs et moins de blessés. « Le maintien de l'ordre, c'est pas du ball-trap, c'est un truc de pros. On apprend à tenir à distance, à avoir un usage proportionné et gradué de la force... On enverrait pas le service des essences faire la guerre, alors pourquoi déployer des mecs pas formés sur les Gilets jaunes ? »

Ont ainsi été mobilisés dans ces manifestations des policiers de la BRI (brigade de recherche et d'intervention), de la BRB (brigade de répression du banditisme) ou de la BAC, davantage habitués à interpeller des délinquants de plus ou moins haut vol qu'à rester stoïques face à des manifestants.

À entendre plusieurs sources, y compris au sein de la police, l'essentiel des violences serait donc dû à un manque de formation. L'hypothèse est séduisante. Elle a aussi quelque chose d'hypocrite, estiment plusieurs policiers de la BAC : « C'est vrai qu'on pourrait être mieux formés au maintien de l'ordre, mais notre métier, ça sera jamais de barrer une avenue » ; « Nous, on va au contact, on interpelle. Et, quand on nous envoie dans la mêlée, je peux te dire que c'est pas pour faire de la désescalade. »

Dans le jargon du maintien de l'ordre, la désescalade consiste à tenter de faire baisser la pression. Or la simple présence de policiers de la BAC dans une foule suffit parfois à ce que cette pression monte d'un cran. La hiérarchie le sait très bien. Certains commandants choisissent pourtant de déployer ces forces dès le début des manifestations. D'autres préfèrent attendre le plus tard possible. Un « baqueux » dans une ville moyenne de PACA témoigne : « En fonction de l'officier qui commande le jour J, tu sais tout de suite s'il va cacher sa police ou non. Juste parce que notre présence est vécue par certains manifestants comme une "agression visuelle"... Je trouve pas ça normal, mais bon... »

Rester de longues heures dans la voiture engendre toujours une certaine frustration. « Tu es là, stationné à 500 mètres des Gilets jaunes... Tu sers à rien. Tu te dis : "J'aurais été mieux à la maison."

Mais tu sais aussi que ça peut déraper. Que, quand ça sera la panique sur les ondes, que les collègues commenceront à tomber comme des mouches et qu'on annoncera les premiers blessés, là on te dira d'y aller. Même le plus flippé des officiers, il te dira d'y aller. »

Le chef d'un groupe BAC confirme. « Il y a eu tellement de samedis avec les Gilets jaunes... Il fallait bien faire tourner les effectifs. Alors la hiérarchie a fait descendre des policiers des bureaux. Des collègues avec zéro condition physique, à qui on a donné un casque et qu'on a envoyés à la mailloche. Alors évidemment, au bout de quelques heures, quand ça commençait à trop reculer, on nous faisait intervenir. » On demande aux BAC d'interpeller les manifestants les plus violents, mais aussi « tout simplement d'avoir un impact physique, comme dit un policier de la région lyonnaise. Un peu comme un remplaçant du XV de France qui entre en fin de match pour renforcer le pack. »

Les recrutements à la BAC passent par des tests physiques assez difficiles (cardio, boxe...). Les policiers de ces unités sont souvent les plus sportifs et les plus aptes au combat au corps-à-corps au sein de leurs commissariats. « Par contre, dans la mêlée, on n'est pas du tout en freestyle comme on le lit partout, tient à préciser le policier lyonnais. On sait qu'au moindre dérapage, la hiérarchie ouvrira le parapluie. Personne ne s'étonne qu'on ait des gestes... disons... appuyés, mais celui qui va trop loin, il est tout seul. »

C'est le courage qu'avait eu le préfet de police Maurice Grimaud en 1968, en adressant une lettre individuelle à tous les policiers. « Frapper un manifestant tombé à terre, c'est se frapper soi-même en apparaissant sous un jour qui atteint toute la fonction policière [...]. Je sais que ce que je dis là sera mal interprété par certains, mais je sais que j'ai raison et qu'au fond de vous-mêmes vous le reconnaissez », écrivait le haut fonctionnaire, qui insistait aussi sur « la sauvagerie de certaines agressions (contre les forces de l'ordre), qui vont du pavé lancé de plein fouet sur une troupe immobile jusqu'au jet de produits chimiques destinés à aveugler ou à brûler gravement ». Les policiers interrogés confirment n'avoir reçu aucune lettre ou message sur le thème des violences de la part de leur hiérarchie durant la mobilisation des Gilets jaunes.

Alors, sur le terrain, on se débrouille pour rester « le plus pro possible », comme le dit Éric, policier de la BAC dans l'Ouest. « Ça m'est déjà arrivé d'écarter un collègue parce qu'il allait en mettre une dans la gueule. Et tu sais, je vais être très franc, ça m'est arrivé aussi. C'est arrivé qu'on ait dû m'écarter. Le collègue qui te dit qu'il n'a jamais eu le geste de trop, il te ment. Après, je n'ai jamais mis de patate dans le visage ou de "kick" à un mec au sol. Mais la tarte, oui, je l'ai mise. En quinze ans de service, ça dépasse pas les cinq ou six fois, mais quand même, je l'ai mise. »

Éric évoque en particulier une période de « divorce difficile », durant laquelle il a failli « perdre la maison ». « Pendant un an et demi, j'étais vraiment au taquet financièrement. Dans un moment comme ça, ce qui change tout, c'est d'avoir des collègues qui tiennent bien la route. On dit souvent qu'on se couvre entre policiers, mais le mec qui est une vraie tête brûlée, ou celui qui est pas bien ce jour-là, on le lui dit. On veut pas qu'il nous amène dans un sale truc. On a tout à perdre : nos familles, nos maisons... »

La vigilance des collègues est particulièrement importante en manifestation. Le chef du groupe BAC de l'ouest de la France témoigne : « Personne ne se dit le matin : "Cet après-midi je vais en attraper un et le massacrer au sol." Mais, quand tu prends des œufs seringués à l'acide et des "cacatov" (des contenants, par exemple des pots de confiture, remplis d'excréments), ça peut assez vite dégoupiller. Là, c'est important de savoir comment vont tes gars. Une unité de la BAC, si c'est pas bien noyauté, ça part tout de suite en violences. Moi, quand j'en vois un trop énervé, je l'envoie au volant, dans la voiture. » C'est arrivé deux fois pendant les mobilisations de Gilets jaunes. « Un jeune collègue. Les deux fois, il est parti tout seul, tout droit dans la foule, pour en attraper un. Il a fallu lui gueuler dessus pour qu'il revienne. La fougue de la jeunesse... »

L'excitation liée à l'adrénaline, à l'usage de certaines armes (comme le dit un policier : « Je me souviens quand j'ai gazé pour la première fois avec une bombe lacrymogène à grande capacité... C'était un peu comme la première fois que tu sautes en parachute : pas grisant, mais presque. »), l'idéalisation du métier aussi, très forte les premières années... « Pour gérer tout ça, il faut un encadrement expérimenté, reprend le chef de groupe de l'ouest de la France. Et c'est souvent le problème en région parisienne. Quand j'étais en BAC à Paris, personne n'avait plus de cinq ou six ans d'expérience. » Comme dans l'Éducation nationale, les policiers sont souvent contraints de quitter leur région d'origine et de commencer leur carrière dans le voisinage de la capitale.

Le rêve de la plupart d'entre eux : partir le plus vite possible. Un policier de la BAC raconte le début de son parcours. « 18 ans : école de police. 20 ans : région parisienne. Je ne sais plus au bout de combien d'interventions j'ai reçu mon premier coup de boule, mais c'était pas beaucoup. Après, c'est sûr que tu as un peu moins de compassion. » Lui a grandi à la campagne, dans un petit village, un profil assez classique dans la police. « On dit souvent que la violence crée la violence, c'est vrai quand des collègues déraillent, mais c'est aussi vrai quand tu découvres les Tarterêts (un quartier de Corbeil-Essonnes). Les gens pensent qu'on est formés à assimiler toutes les formes de violence, mais c'est pas vrai. Il y a des mecs en face, ils ont vraiment aucune limite. »

Laurent était en patrouille quand il a reçu l'appel radio. On lui demandait de rentrer d'urgence au commissariat. Un cocktail Molotov venait d'être lancé sur sa maison. « Là, franchement, je craque un peu, pas vraiment de peur, mais de rage. Avec de la détresse aussi. » Sa femme était à l'intérieur quand la bombe artisanale s'est écrasée contre l'embrasure d'une fenêtre. « Ça a juste cramé le plastique, sans traverser la vitre. Heureusement que je n'avais pas encore d'enfant. Je crois que sinon j'aurais été capable de tuer. » Laurent raconte les jours qui suivirent l'attaque. La perte de repères, la paranoïa. « Je contrôlais tout ce qui bougeait. » La balade du soir avec le chien se transforme en une véritable ronde avec, à la ceinture, l'arme de service, une gazeuse et une grenade de désencerclement (de celles qui projettent des plots en caoutchouc).

« Je me disais : “Ils vont revenir à dix.” Tu sais, à la BAC, la rançon de la gloire, c'est ça. C'est la haine. Ça faisait à peu près dix jours que j'étais dans cette psychose. Et un soir, il devait être minuit, j'entends un truc qui bouge derrière des branches. Je m'approche et ça se met à courir dans tous les sens. J'en course un, je le chope. Je me vois encore le poing levé, prêt à lui exploser la gueule. Heureusement, j'ai vu ses yeux... Il y avait un truc qui clochait. Il était vraiment terrorisé. Je l'ai lâché. » Le jeune d'une quinzaine d'années cherchait juste à entrer avec ses copains dans une soirée organisée dans le voisinage. « Je crois que, si je lui avais mis le premier coup, je l'aurais vraiment tué... » La hantise de la bavure. Laurent prend alors la décision de déménager dans une maison isolée à la montagne, loin de la ville où il travaille. Il ne le dit pas comme ça, mais être attaqué chez lui l'a profondément traumatisé.

« J'étais arrivé à un stade où plus rien ne me touchait. La misère, le désarroi des gens... Ça ne me faisait plus rien. Je ne sais pas pourquoi... Je ne suis pas très à l'aise avec les psys mais une fois j'en ai parlé avec mon officier. Ça commençait à m'inquiéter. Je m'interrogeais : “Est-ce que je ne suis pas en train de devenir un monstre ?" » On demande à Laurent pourquoi il raconte tout cela au passé. « C'était passager. Aujourd'hui, ça va mieux. Qu'est-ce qui m'a aidé ? Je ne sais pas trop… J'ai eu un enfant il y a un an. Ça m'a remis un peu de réalité. Ça m'a sans doute… comment dire… reconnecté. »

**Mikael Corre**

## Remerciements

Merci à Guillaume Goubert, Florence Couret, Jérôme Chapuis, Anne-Bénédicte Hoffner et Anne Ponce pour leur confiance. Merci aussi à Sabine Gignoux, Olivier Tallès, Héloïse de Neuville et Pierre Sautreuil pour leur écoute et la qualité de leurs relectures.

# Table des matières

## Dans la même collection

- *Mille origines*,
  Charif Majdalani, avril 2023.
- *Quitter Téhéran*,
  Naïri Nahapétian, avril 2023.

CET OUVRAGE
A ÉTÉ ACHEVÉ D'IMPRIMER
SUR ROTO-PAGE
PAR L'IMPRIMERIE FLOCH
À MAYENNE EN MARS 2023

N° d'impression : 102117
Imprimé en France